GOBOOKS
& SITAK
GROUP©

GOBOOKS
& SITAK
GROUP©

三日月書版

三日月書版

殭屍先生的愛
下
著 胡椒椒
畫 zgyk
100% 純天然
不含防腐劑喔！
輕世代
三日月書版 FW248
Zombie's Love is 100% pure

contents

Zombie's Love is 100% pure

Zombie's Love is 100% pure

第十章

金緩緩睜開眼。

頭暈和胃裡翻騰的感覺像是坐了趟往地獄的長途列車似的，微微一動便感覺到胸口處鑽心似的疼痛，往四肢百骸擴散。

疼痛讓金清醒過來。他忍著不適環視周遭，這裡是哪裡？

空蕩蕩的陌生房間，四面八方的水泥牆刷了一層斑駁的泥灰，四處管線外露，天花板的日光燈是照明來源，偶爾閃爍。他的正對面應該就是這房間唯一的出入口，緊緊掩著，沒有動靜。

微一低頭，瞧見一把閃著銀光的劍插在胸口上，只剩下一點根和劍柄露在外面。

他抬起手想拔出劍，便發現自己被牢牢地釘在粗大直立的木樁上。雙手無力垂在身旁，渾身使不上力，這種對他的力氣來說像是牙籤般的木棍，現在卻讓他束手無策。

雙腿猛地一軟，劍刃立即毫不留情將胸口的窟窿切得更大，金不需要呼吸，卻能感覺到肺部被狠狠切開的劇痛與窒息感。他勉強站穩身體，省得那把利劍繼續肆虐。

胸口以下的衣物全被血浸透了，連褲子都感覺得到濕黏感。金苦惱地想，這些都是均的衣服，弄成這樣只怕沒得洗了……

羅教授為何要這樣做？

金思索著，本以為自己死定了，再度睜開雙眼後卻發現還活著，這種心情實在是不曉得該說是驚喜還是驚駭。

若是羅教授沒置他於死地，唯一可能的解釋就是自己還有可用之處。

金不禁在心裡怨嘆，這個羅教授真是人面獸心，看起來慈祥和氣，下手卻這般狠毒，要是普通人被他這麼一刺，老早去見閻王了。

現在還不曉得羅教授留著他的性命要做什麼，他只能見機行事，至少撐到均來救他……不過他也不清楚自己昏迷了多久，雖然于承均遲早會發現他失蹤，但這種情況也只能自食其力。

金苦思著，絕不能讓羅教授找到藉口殺了他，得讓自己保持一定的優勢才行。他不想帶著無限的遺憾再死一次。

上一次的死亡來得猝不及防，在那當下他並不覺得對世界有什麼留戀。現在不同了，他有了無論如何都不能放手的存在。

均……

咳了兩聲，喉頭一陣腥甜湧上，金一時忍不住，「哇」的一聲便吐出口血，血液順著下巴流下，想抬手擦拭，無奈連舉手的力氣也沒有。

金唯一慶幸的是于承均看不到他這副狼狽樣，要是見到他滿嘴血，說不定會以為他又狂性大發了。

正當金忙著胡思亂想時，房門開了。

走進來的兩個男人，其中一個臉上掛著淡淡的憂愁，一頭灰髮亂得像是剛睡醒般。那正是羅教授。

開門瞬間，金便全神貫注在門外的事物，希望可以找到些關於這個地方的蛛絲馬跡。不過，門外一片黑，以金的糟糕視力也看不到什麼。

金警戒地看著羅教授，而羅教授見金醒來也沒多做表示，只是從旁邊的高大黑西裝男人手上接過一疊紙張。

「沒有心跳和呼吸，生命指數為零。」羅教授看著紙張念道：「照理來說，你應該是不可能會活動的，不過腦部卻持續運轉並發出指令，神經突觸一切正常……至於你身上的血液還在流動，雖然速度相當緩慢，這點我們正在做深入的調查。」

「你綁我來不是為了做健康檢查吧？」金嘲弄道。

羅教授伸手扶了扶眼鏡，面色平淡地說：「我有些事想問你，金。還是你希望我叫你的本名，奕……」

「住嘴。」金一臉凜然，沉聲道：「你沒資格直呼我的名諱。」

旁邊的黑衣男子聽了之後正欲發難，羅教授制止了他，微微一笑道：「這是自然。那麼，閣下，希望你能配合我們，這樣會少點苦頭。」

「儘管問。」金大方地笑道：「現在人為刀俎、我為魚肉，我還能拒絕嗎？」

羅教授微瞇著眼睛盯著金看了半晌，搖頭道：「我從沒見過你這種殭屍，簡直像活人一樣。」

「除了器官機能和一般人不一樣外，我確實是個人。」金昂然一字一字地說。

「的確如此。」羅教授微微頷首道：「那麼……」

羅教授向黑西裝男子示意，男子便走到金身後。他似乎拿了什麼東西出來，窸窣的聲音弄得金忐忑不安。

所幸男人只貼了些圓形的貼紙在金身上，貼紙上有條線牽到了金的身後。金感覺了一下，那些貼紙對他的身體似乎沒什麼影響。

「好了。」羅教授微笑道：「我們開始吧……」

「等等。」金打斷了羅教授道：「你先跟我說說，你怎麼發現我的身分的？」

金尋思著，現在只能盡量拖時間，他不曉得羅教授想從他這裡知道什麼，但他再傻也明白，等問完之後自己大概也沒有利用價值了，到時候羅教授怎麼可能乖乖放他走？

羅教授像是不知道金打的鬼主意似的，遞出幾張照片說道：「這是你的墓穴吧？」

金看了之後點點頭。那是在他離開之後才拍的，墓穴裡布滿彈痕，而金睡過的棺木還拍了特寫。

「將你從墓中帶出的人就是于承均吧？」

金愣了一下，竟不曉得該如何回答。要是被檢舉是盜墓的，于承均可能會有牢獄之災……

羅教授見他面有難色，便道：「不回答也無妨，我只是確認一下，如今看來應該沒錯。」

金囁嚅道：「你……你應該不會說出去吧？」

「如果你是擔心我舉報他，那麼我可以肯定地說，你多慮了。」羅教授和藹地說：「我的目標從頭到尾都是你，沒必要找于承均的麻煩。況且，舉報同業這種事實在說不上光彩。」

金看著他道：「你果然也有參與盜墓工作。」

「你為何如此肯定？」

「從你將我綁來這點就能知道。照理說，見到我這種百年殭屍，一般考古學家是不會將我釘在木樁上問話的，你應該另有所圖。」

羅教授抓了抓頭皮道：「你說的沒錯。有些地方和其隱藏著的祕密，並不是考古能夠觸碰的範圍。你就是其中之一。」

「……我？我有什麼不一樣？」金疑惑地問。

「首先，你這樣和人對話就能夠說明你的與眾不同。」

羅教授說道，笑容看起來有幾分詭譎。「還記得上一次和于承均去K大的時候吧？我就是在那時候認出你們……應該說是我的手下認出的。」

「你的手下？」金瞟了瞟站在一旁的高大男子，對他一點印象也沒有。「他怎麼會知道我？」

羅教授搖頭道：「是其他人發現的。聽見于承均是盜墓賊，而且還出現在那個應該沒人知道玄機的墓穴裡，讓我著實驚訝。後來發現他身邊的你竟和我們要尋找的目標有著相似外貌時，我就確定你的真正身分了。」

金恍然大悟，驚訝道：「那時在我的墓裡攻擊均他們的那些黑衣人……是你的人馬？」

羅教授有些懊惱地說：「我在外地辦事，得知了墓穴的消息後，只能派其他人先去探路，沒想到就差這麼一會兒讓你給跑了，否則不會到今天這種局面。」

金暗自捏了把冷汗。

要是被羅教授先發現，可能還沒復活就又死一次了……

「後來我要求于承均去幫忙也是為了探他的口風，沒想到你就這麼送上門來了。」

金撇撇嘴不表示任何意見。果然嫉妒心只會壞事。

「我知道光緒皇帝有個歷史上沒記載的兒子存在，憑著薄弱的線索，我找到你的身世證明，當然也曉得你和常人不同的外貌。我投入了畢生精力在考古及盜墓上，就是為了找到你……」

金不禁打了個冷顫，問道：「你找我做什麼？我可不記得對你的祖先做了什麼事。」

「你當真不知道我找你的目的？」羅教授面色奇怪地說。

金搖頭。

「于承均也沒跟你說過什麼？」

「均是透過K大才知道我的墓穴存在，去到那裡前，他完全不清楚裡面有什麼。」

羅教授思忖道：「我想的沒錯……看來于承均什麼都不知情，否則他應當不會就這樣將你帶走。」

金有些不服氣地說：「這是什麼意思？我實在想不到任何理由，我和你無冤無仇，也自認做人光明磊落，為何把我說得像是犯下了滔天大罪的樣子？」

「你誤會了。」羅教授的手輕輕搭上金胸前的劍柄上，「我說的並不是你曾犯下的錯，而是你將來會製造的麻煩。」

金不屑地啐了一聲，心裡暗念這個羅教授兼差還真多，考古、盜墓還兼道士，現在更當起占卜師了。

「好了，你的提問時間結束了。」羅教授宣布道：「我的第一個問題是，你知道其他的殉葬坑在哪裡嗎？」

「……什麼？」

金很想裝模作樣地掏掏耳朵以示他的嗤之以鼻，但現在的情況並不容許他做出這種挑釁行為。「你也見到我的墓穴了，裡面除了一副棺材之外什麼也沒有。」

羅教授驀地沉下臉，不悅道：「希望閣下能老實說出來，否則我無法保證能否繼續保持文明人應有的修養。」

金慍怒道：「你從背後偷襲我難道就很光明正大？就跟你說了我不曉得什麼殉葬坑！我死時什麼也沒帶走！」

羅教授一直按在劍上的手猛然握住劍柄，就著劍鋒還在金身體裡的狀態，毫不遲疑地扭轉。

「唔……」

金清楚感覺到改變方向的劍刃切割著他的身體，這種痛楚讓他忍不住呼叫出來。

「你的神經突觸正常，應該很痛吧？那麼，你打算說了嗎？」羅教授冷淡地問。

……說個頭！

老子根本不曉得你放什麼屁！

金垂著頭，在心裡罵著他絕對不會說出口的粗俗字眼。何況現在承受的痛苦讓他只能咬緊牙關，要是開口，可能會哭叫出聲，金並不想在對他刑求的人面前示弱。

劍刃似乎把他的肉一塊塊剜下來似的不斷轉動。金渾身顫抖，豆大的汗珠浸濕了衣服，雙腿硬撐著不讓身體下滑，這種折磨比生前那次被毒死要痛苦得多。

金伸出手緊緊抓住劍身，薄窄的劍刃陷入手掌裡。他虛弱地說：「我……我不知道你說什麼……唔！」

話音剛落，羅教授就用力地扭轉手中的劍柄，痛得金忍不住呻吟出聲，連手掌都被割得鮮血淋漓。

羅教授轉過目光，似乎也不忍再看下去，但語氣還是相當強硬：「金，我並不想這樣做，但要是你再不說出來，我只能用其他法子逼你開口了。」

金痛得簡直無法思考了。

說起來，他回到北京之後也算嬌生慣養，對於這個落難皇子，家僕們對他是呵護有加，向來是茶來伸手、飯來張口，物質方面從不匱乏，更別說有機會碰上這種皮肉痛的事。

和于承均初遇那時，也因為身體機能還沒恢復，子彈打在身上並不會痛到哪兒去，而羅教授插在他身上的劍讓他嘗到了一百二十年來的最大折磨。

金不曉得自己的耐痛程度是否比別人低，但將刀子硬生生插入身體裡，然後像是要挖出內臟般的疼痛應該不是每個人都受得了的。

「我……你乾脆殺了我！」金破口大罵，硬吞下了前面的「我操你媽的」。

「我也是讀聖賢書長大的，讀書人的高風亮節沒能學到，但迂腐的骨氣還是有！你要是想將莫須有的罪名冠在我頭上，我也認了，但我豈能屈服在你這廝卑鄙的屈打成招手段之下?!」

羅教授皺了皺眉，鬆手看向旁邊的年輕男人，問道：「他說的是實話嗎？」

「我也不能保證。」男人回道：「畢竟您邊刑求他邊測謊，這樣不會有結果的。」

羅教授愣道：「是嗎？」

「他沒有呼吸，脈搏也微弱到幾乎測不出來。皮膚導電反應起伏較大，但我想那是因為您的刑求所造成的。」男人冷靜地吐槽。「我想，可能要讓他去做FMRI（核磁共振），才能判斷出是否有說謊，傳統測謊對他無效。」

「那麼就你的眼睛所看到的呢？」羅教授沉著地問。

男人頓了下，回答：「就我的判斷，他並沒有說謊者該有的反應。」

金才意識到男人貼在他身上的東西是測謊用的，想起自己看美國影集時也看過。連他這個古代人都知道測謊依據的是生理反應，而羅教授竟然想用在幾乎沒有生命徵兆的他身上……

金邊咳血邊笑道：「咳……你們要玩什麼把戲我都奉……奉陪，管它是FM還SM啥的測謊都儘管……」還沒說完，他又劇烈咳嗽起來。

羅教授嘆了口氣，問道：「你真的不曉得那些殉葬坑在哪？」

「廢、廢話……」雖然連說話力氣都快消失殆盡，但金還是忍不住想耍嘴皮子，「你……你耳朵長了包皮嗎？要我說幾遍才懂……」

羅教授若有所思地看著金。

「那麼，你該不會也不知道，于承均發現你的地方……並不是你的墓穴？」

Zombie's Love is 100% pure

第十一章

于承均和吵著要跟去的一老一少坐上了老羅教授司機的車。

葉離第一次看到這種豪華轎車，心嘆道真不愧是有錢人的車，後座四個座位兩兩相對，位置相當寬敞，旁邊還有冰箱……

鬼老頭和于承均的態度就相當自然，尤其于承均現在扮演的是富家少爺，當然不能因為一輛車就大驚小怪。

不過葉離敢打賭，于承均心裡一定盤算著這輛車值多少錢。

司機似乎是想討好于承均，一路上不斷回頭跟三人閒聊，不外乎就是拍馬屁說少爺多麼氣宇軒昂、英武過人，英俊外表下也藏著悲天憫人的胸懷，所以絕對不會說出不能說的事……

葉離和鬼老頭相視一眼，心中不約而同想著，要拍于承均的馬屁不如給他現金比較實在。

于承均一直保持沉默，並不是因為他真的如此鎮定，而是他已經無暇思考其他事了。他緊握著雙拳企圖鎮定下來，現下最重要的就是如何救出金，再如何自怨自艾也無濟於事。

車窗外的景色如畫片般一張張閃過。于承均突然想起，要是容易暈車的金在這裡，必定會邊稱讚著這輛車的豪華邊作嘔不已吧……

「說起來，少爺您跟家裡斷絕關係這麼久，今天回去探望，老爺一定會龍顏大悅。」囉嗦的司機說著。

葉離對司機的誇張形容詞嗤之以鼻。

于承均不動聲色地淡淡「嗯」了聲，身為當事人羅少爺的他總不能問「為什麼我會離開」這種問題。

葉離看了看于承均的臉便心領神會，假裝驚訝地問道：「教授，為什麼你和家人斷絕關係？一般來說，會發生這種狀況都是因為和家族企業的經營管理理念不合，不然就是性向問題被父親提出來……」

于承均皺眉，考古哪還有什麼理念不合的？

見于承均沒回答且面有慍色，司機趕緊大聲說道：「小鬼，別人的家務事哪輪得到你插嘴？少爺不想講的話，我來幫您講。」

于承均沒回應，司機便自顧自接了下去：「我也是新來的，這些事也是聽別人說的。少爺念大學時，曾和已過世的父親與老爺三人大吵一架，聽說是和考古的方針有關……」

「那我猜的沒錯嘛！」葉離得意道。

「小鬼閉嘴！」司機喝斥道：「事情哪有你想的這麼簡單！」

「那是怎樣？」

「我也不清楚啦！」司機怒道：「豪門裡勾心鬥角的事可多了，像我們這種小老百姓怎麼會知道？後來沒多久，少爺的父親病逝了，少爺便毅然決然背起行囊、遠赴他鄉，打算創造自己的事業。不過老爺依然擔心少爺的安危，派人暗中保護少爺……少爺現在應該不到三十吧？算起來，少爺也離家好幾年了……」

見司機講得口沫橫飛，葉離趕緊提醒：「喂，別光顧著說話，當心看路。要是把你家少爺給撞傷了，看你家老爺會不會扒了你的皮……」

……該不會是羅教授害死父親後潛逃了吧？于承均思索著，那個司機的話聽起來就像這個意思。

羅教授起碼四十歲了，念大學時大概是二十歲……這樣的話，羅教授一家人都滿變態的，兒子害死老子、老子的老子像跟蹤狂一樣監視孫子長達數十年……

不過司機完全沒發現于承均和少爺的年齡差距，這一點可以證明他的確不知道太多事。

鬼老頭關上駕駛座和後座間的黑色小窗，低聲道：「我突然覺得不太安心，這羅家人聽起來讓人怪不舒服的，要不要繞回去揣些傢伙放在身上？」

于承均搖頭道：「我想他們家應該有不少保全，要是被搜出武器，可能連大門也進不去。我想羅老爺子監視羅教授這麼久，絕不是因為想念孫子，現在只希望能從他那裡打探到消息。」

「那麼……」鬼老頭瞟了瞟葉離，「等一下讓他先下車？」

「我不要！」葉離大聲抗議。

「現在要求下車怕司機會起疑心。」于承均沉吟道：「等一下見機行事。葉離，我叫你做什麼就做什麼，聽到了嗎？」

葉離點頭如搗蒜。

車子繼續行駛了一段時間，最後在一個山坡下的高級住宅區前停下。這裡看起來相當和平寧靜，路上三三兩兩的路人都牽著看起來擁有高貴血統的狗散步。

「媽啊，一路上都是貴婦的香水味……」葉離一下車便大驚小怪地說。

司機剛和一個牽著狗的老先生寒暄，回頭小聲道：「住在這裡的只有兩類人，老的牽著狗的就是退休的董事長夫婦，年輕提著菜籃的就是他們家裡的外傭和管家。」

鬼老頭厭惡地說：「要我住在這種地方每天弄花玩狗……不如要我的命！」

「這麼普通的退休老人生活，您肯定是過不慣的。」葉離笑嘻嘻道。

待司機將車倒入車庫，于承均默默跟著走進去。

本以為會看到戒備森嚴如軍營般的大宅，不過別說保全了，于承均一行人暢行無阻，只見到個忙著修剪灌木叢的老園丁。

鬼老頭竊竊私語對于承均道：「小心點，說不定有什麼陷阱。」

于承均微微頷首，並示意鬼老頭不要輕舉妄動，以免打草驚蛇。

穿過庭院，屋子大門旁拴著幾條大狗，見陌生人來也沒狂吠，反倒是相當熱情地搖著尾巴。

葉離摸了摸其中一條大狗嘆道：「這些狗絕對不是養來看門的……還是在老羅教授的命令下牠們才會變成殺人凶器？」

鬼老頭摸摸後腦勺道：「我也不知道，本來預計這趟要闖入龍潭虎穴裡的，沒想到竟然是老人院……」

于承均不著痕跡地將這裡的地勢和建築物排列全瞄過一輪，牢牢記在腦裡。房子只有兩層，二樓一整排的大落地窗都用厚實的窗簾掩住，無法窺知裡面情形。

剛在大門前站定，門就開了，來應門的是個身體圓胖的中年婦人。

聽司機說他帶來老爺的孫子後，她以懷疑的目光打量著于承均，「您是……老爺的孫子？怎麼跟照片看起來不太像？我記得小少爺的年紀應該要大一些……」

司機趕緊扯著婦人道：「妳要讓少爺在這裡等妳確認身分？妳也是在少爺離家後

才來的吧？別妨礙老爺少爺祖孫重逢！」

司機說完，不顧婦人的抱怨推著她離開，同時露出諂媚的笑容對于承均道：「請少爺別理會這種鄉下人，她有眼不識泰山。」

「我想她的疑慮也是人之常情……」于承均語帶保留地說。

司機領著他們進門。

屋內玄關相當大，一進去就看到中央擺著裝飾用的骨董花瓶和雕像，看得鬼老頭牙癢癢的，心道這老羅教授倒是過得很愜意，這麼貴的花瓶就放在玄關，他等一下非去摸一摸過過乾癮不可。

玄關兩側分別是飯廳和會客室，站在大門口就能將室內的富麗堂皇一覽無遺。房子外觀看起來偏西式洋房，內部裝潢卻是中式的古色古香，這種不倫不類感相當符合一個致力於考古的老教授形象。

往樓上的弧形樓梯，貼著弧形牆壁的還有條滑軌，那是讓行動不便的人上下樓的設置，通常會連著張電動椅子，按下鍵就能上下樓。

到了會客室，裡面全是清代風格的紅木家具，一旁的屏風邊擺著個漆黑的雕花架子，上面放著些花瓶玉器。一看到那些東西，鬼老頭兩眼發直，直呼這可是有錢也求不來的寶貝。

「這時間，老爺應該在樓上書房裡。」司機探頭探腦道：「我帶少爺上去，其他客人們麻煩在此靜候。等一下請少爺在老爺面前幫我多美言幾句……」

于承均阻止了意圖偷跟上去的鬼老頭，暗示他們如果感覺到任何不對，先逃再說，然後他便和司機上了階梯。

隨著他一步步往上走，鞋跟和鋪著地毯的大理石階梯間發出沉悶而微弱的聲響，于承均的心也越吊越高。要是從這裡也無法掌握羅教授的消息，就算將整個城市翻過來，他也要找到金！

走上二樓，電動椅果然停在這裡。老羅教授的書房就在靠近樓梯口的第一間房。

司機輕輕地敲了敲門，喚道：「老爺。」

房間裡毫無動靜。司機再度大聲叫喚，但房門依舊緊關著。

「奇怪，難道老爺不在？」司機看了看停在旁邊的電動椅子疑惑道。他走到另一間房門口看了看，抓著額頭，「也不在寢室裡啊……」

于承均伸手轉了下書房門把，道：「他應該在這裡，門鎖住了。」

「鎖住了?!」司機驚慌道：「老爺年事已高，怕有突發狀況所以從來不鎖門啊！」

于承均轉頭對司機道：「去拿鑰匙。」

「沒、沒有鑰匙啊……屋裡幾乎不鎖門，鑰匙早就不知去向了。」

于承均仔細一瞧，這門鎖看起來只是普通的彈子鎖，而且看起來很老舊，要打開應該是輕而易舉，他身上就有開鎖用的扭力扳手和針狀開鎖器，連專開彈子鎖的撞匙都有。

但他並不想輕易在外人前使用，畢竟一般人在日常生活中是不會用到這些東西的。所以，現在只剩一個方法了……

「退後。」于承均沉聲道。

他退後一步，不等司機詢問，便抬起腳往門鎖的地方用力踹下去。門鎖比他想得堅固多了，依舊屹立不搖，幸好今天穿的是硬底鞋子，否則這麼一下大概會骨折……

「少爺！」司機在一旁驚呼。

于承均不疾不徐道：「救人要緊。這門鎖看起來很老舊，到時候麻煩你再換個牢固一點的。」

連踹了幾下，鏽蝕的門鎖應聲鬆脫。于承均推開房門，偌大的書房裡極暗，只有一盞綠罩檯燈散發出柔和光芒。藉著微弱燈光，隱約看得見書桌後坐了個人。

司機連忙打開燈，微黃的燈光照亮了房間。

一個老人坐在書桌後，全身癱坐在沙發裡，腦袋低垂，雙目緊閉。

于承均心裡咯噔一聲，情況看起來不太妙。

司機見到這情況，趕緊衝上前去搖晃著老人，並大聲叫道：「老爺，您醒醒啊，老爺！」

于承均正欲阻止他破壞現場，走到書桌旁時瞥見個東西放在桌上。那是一個約莫香煙盒般大小的白色四方形物體。他轉頭再看看老人，心下了然。

「讓開。」于承均在司機驚愕的目光下，從容不迫地將白色物體拿了起來，左看右看又摸了摸之後，對司機道：「再叫他一次。」

司機馬上以驚天地泣鬼神般的音量叫道：「老爺——」

老人猛地從椅子上跳起，拿掉耳朵裡的耳機不悅道：「這麼大聲做什麼？差點沒把我老命嚇去半條……」一回頭看到于承均站在一旁，又是吃了一驚：「你是誰啊？」

「耶?!」這個驚呼來自司機。

于承均沒理會司機的大驚小怪，對著老人說道：「您好，今天來是想跟您詢問些事情，我叫于承均……」

「啥?你叫鄧麗君？」老人大聲說道。

于承均無奈地指了指自己的耳朵，示意老人快戴上助聽器。

老人邊戴上助聽器邊碎念道：「我只不過是想打個盹，鎖了門就是怕你們來吵。小楊，你閒來無事闖進我書房做什麼?天啊，連門鎖都被你弄壞，這位先生是鎖匠？」

「我是……他是……」司機張大著嘴，百口莫辯。

于承均打量著這個溫文儒雅的老者。

他的氣質和羅教授有幾分相似，花白的頭髮梳得很整齊，穿著黑色唐裝，一身書卷味。若他是羅教授的祖父，年紀應該有八、九十以上，大概比鬼老頭大上一些，但他看起來倒是比鬼老頭年輕許多。

老羅教授戴上了助聽器並調好音量，看著于承均道：「你是……」

「老爺！」司機搶著道：「這位不是少爺嗎？」

老羅教授看了看司機，再看看于承均，恍然大悟道：「我見過你。」

于承均微微頷首：「是的，若是您一直監視著羅教授的話，應該看過我。」

老羅教授也不慌張，從容不迫地在沙發坐下，道：「小楊，我讓你去找我孫兒的行蹤，你卻帶了個毫不相干的人回來……」

司機連忙喊冤：「老爺，是這小子自稱是少爺的……」

「帶了客人回來，卻沒好好款待，傳出去豈不是貽笑大方？」老羅教授對于承均道：「剛有所怠慢，請多見諒。請坐，鄧先生……」

「我姓于。」于承均強調，在書桌旁的沙發坐下。「請不要責怪楊司機，是我騙了他。」

疑似死人風波過了後，于承均才能有心情仔細觀察這間書房。

房間的四面牆壁全被三層式活動書櫃占滿，只有書桌正後方的窗戶得以倖存。與天花板同高的書櫃擺滿了書，書櫃上甚至貼了索引。于承均粗估一下，房裡的藏書起碼六、七千本。

除了書櫃和書桌沙發外，房裡沒有任何其他多餘家具擺飾，連地上也堆滿書籍，說是書房還不如書庫更為貼切……真是一對相似的祖孫，于承均心中嘆道。

「那麼，于先生，你今天來找我所為何事？」老羅教授吩咐司機出去時將門帶上，隨著關門聲的是壞掉的門鎖掉落地上的聲音。他瞄了一眼之後毫不在意繼續道：「我想，你這樣大費周章假扮成我孫子，想必是有相當重要的事了？」

面對看起來明事理的老者，于承均琢磨半晌，決定採用直接一點的說法。

「您的孫子……羅教授，他綁架了我的……家人。」

老羅教授眉頭皺了皺，拿起助聽器敲了敲並對于承均道：「不好意思，我沒聽清楚你說什麼……」

「您沒聽錯，他綁架了對我來說非常重要的人。」于承均沉聲道：「不過，我想您大概也不曉得他的行蹤。我今天來，是想從您這或多或少得到些消息。」

老羅教授面無表情，只有不停敲著桌面的手指洩漏出了他的情緒。

「您知道他上哪去了嗎？」

老教授長嘆一聲：「沒想到恆琰和我斷絕關係多年，還會有人來問我他的消息。」

「我已經曉得，從羅教授離家後您就一直監視著他。」于承均放低聲音道：「羅教授他到底在策劃什麼？您監視他多年，不僅僅是為了掌控他這麼簡單吧？」

于承均坐直身體，細細觀察著老羅教授的一舉一動。不過老教授置若罔聞，只是兀自沉思……或是發著呆。

見狀，于承均也不好催促。他知道，老人在醞釀著如何開口。

而後，老羅教授站起身，回頭將窗簾拉開。陽光鑽進房間，灑落一地金黃，老人的五官在陽光照射下看起來有些模糊，一條條的皺紋卻越發清晰。

「我窮極一生，都努力追求探索考古的新境界。」老人忽地開口，卻來了這麼一句風馬牛不相干的話。

「河南安陽殷墟和明清大內檔案的發現與彙整修復，我都曾參與其中。考古是我一生的志業，也是我兒子一生的志業。」

老羅教授蒼老的聲音迴盪在房間內。

「我兒子……出生在風雨飄搖的北平[1]。從小我就帶著他東奔西跑，他的玩具是

1　西元一九二八年北伐戰爭後，成立南京政府，北京改名為北平。羅教授的父親出生年分設定是西元一九三六年，當時北京還稱作北平。

鑵子和頭蓋骨，遊戲是瓷片和陶片拼圖，雖然又苦又髒，但他一直樂在其中。大概是從小耳濡目染的關係，他比誰都喜愛考古，探究那些深埋地底下的知識。」

于承均耐心地聽著老羅教授講述。這個老人看起來很固執，先順著他的意比較妥當。

「一九五四年，他十八歲，進了北大考古專業[2]，讀了四年畢業後便到英國進修，回來後拿了博士學位。」老羅教授的聲音有些哽咽。「即使戰亂連年，後來又遇上文革大掃蕩，同為考古學者的媳婦因病早逝……接連的打擊都沒讓他放棄。」

「是的，令郎在考古學上的成就至今仍為人稱頌。」于承均誠懇地說。

「他的人生短暫五十餘年，幾乎每分每秒都花在研究上。」老羅教授往後靠在椅背上，揉了揉鼻梁，然後拿起放在一邊的老花眼鏡戴上。

「我很後悔，在唯一的孫兒出生後，讓他繼續涉足考古。」

于承均目光一閃，但未說什麼。

老羅教授緩緩地看了他一眼，說了句讓人費解的話：「他們太熱衷於考古，以至於走火入魔了，忘了自己和大多數人所存在的世界才是現實。」

「此話怎講？」于承均疑惑道。

2 北京大學歷史系考古專業成立於西元一九五二年。

老羅教授的臉上滿是懊悔，卻沒直接回答于承均的問題。

「恆琰……我孫兒他綁架了誰？那人是什麼來歷？」

于承均倒是愣住了，要是說出實情只怕會被攆出去。誰會相信自己的孫子綁架了一具一百二十歲的殭屍？

「呃，這實在讓人有點難以啟齒……」

「儘管說，我活了這麼久，什麼事沒見過？」

只怕這不是活得久就能理解的事啊……于承均清清喉嚨，委婉地道：「羅教授他綁架的這個人比較特別，他和一般人不太一樣……」

「難不成他有三頭六臂？」老羅教授狐疑道。

「簡單來說，他……不太算活著？」于承均絞盡腦汁想讓老羅教授理解，但又怕太過刺激讓他心臟病發。

「植物人？」老人震驚地說。

「不，他並不是那種……手無縛雞之力的人。」

于承均想了半天，決定豁出去了，再隱瞞下去只會讓情況更停滯不前。

「羅教授綁走的……是一具屍體。」不過顧及老人的心情，他還是保留了些事實，心虛地說：「那是放在我家的一具約一百二十年的乾屍，算是我的……祖先。」

老羅教授愣了愣，倒是沒受到驚嚇的樣子，若有所思地嘆道：「走火入魔了、走火入魔了啊……話說回來，你怎麼會將乾屍放在家裡？」

于承均站起身，深深向老教授鞠了個躬，低著頭道：「那具乾屍對我來說非常重要，所以希望您能告訴我，就算一些也好，羅教授可能會去什麼地方？」

老人將眼鏡脫下，拿起一旁的拭鏡布仔細將鏡片兩面擦淨。他走到于承均面前，拍了拍于承均的肩頭讓他起身。

「我也不曉得恆琰去哪裡了，否則也不會派小楊去找。」老羅教授溫聲道。

于承均握緊拳頭。難道真要如他一開始的打算，若是問不到羅教授的消息就綁架他的家人嗎？

起初知曉金的失蹤主謀是羅教授，想當然他的家人大概也是一樣無惡不作，于承均只想著不計任何代價手段都要逼他現身，脅持一兩個人應該無傷大雅。

但面對老羅教授……他只是一個失去兒子的無力老人罷了，要是于承均還下得了手，真是泯滅人性了。

老羅教授看著于承均千變萬化的臉部表情，過了半晌，微微一笑。

「雖然我不知道他在哪裡，但大概曉得他會往哪個方向去，要幫你找出來也可以。之前是因為不想逼他太緊，才只讓人去查他的行事曆。如今牽涉到其他人，就非找到他不可了。」

「您有辦法？」于承均驚詫問。

老羅教授整了整身上的衣服，將鬆脫的盤釦扣好，認真地說：「辦法倒是沒有，只能從最基本的方式來找。」

「……」

見于承均大惑不解的樣子，老教授扶了扶眼鏡正色道：「就是地毯式搜索。不過僅限於這個市，只能祈求恆琰還沒離開這裡了。」

于承均活了二十餘年，將近三十歲時才第一次見識到「有關係、有背景」的好處。老教授幾通電話下，市內的機場、火車站、地鐵站，所有高速公路的交流道口及匝道都被嚴密監控。

「因為人力不足，只能做到這樣了。」老教授懷著歉意道：「我原本要求他們要派人駐守在所有可以離開市區的路上……」

于承均連忙道：「別這樣說，我很感謝您所做的一切。」

于承均扶著步履蹣跚的老教授下樓——老羅教授堅持在客人面前不使用讓他看起來像個老人的自動椅，而鬼老頭和葉離老早在門外偷聽到他們的對話了，安靜地跟在後面一起下樓。

「這位兄臺，請問您今年貴庚？」剛在會客室坐下，鬼老頭就笑嘻嘻問道。

老羅教授一臉慚愧道：「說起來丟臉，我活了一百一十年，卻連自己的孫子都管不好，讓您費心了。」

于承均和葉離面面相覷。從老教授的外表實在看不出來他已經活了超過一個世紀，再撐幾年大概就可以挑戰金氏世界紀錄了。

鬼老頭呵呵笑道：「你應該比我小一點。我的徒弟和徒孫也是個個都不成材，才應該慚愧咧。」

于承均聞言大吃一驚，葉離更是張大著嘴，連拳頭都能塞進去。

于承均記得小時候看見鬼老頭時就是這個德性，這麼多年過去，他竟是完全不知道老頭子幾歲；葉離心裡則想，沒想到這老不休年紀這麼大，之前猜他大概一百歲還是低估了。

「這位老哥身體還是這麼硬朗，看看我的腿已經不行囉，站個五分鐘就開始打顫。」老羅教授一臉欣羨地說：「您有什麼保養祕方嗎？」

鬼老頭得意道：「我說啊，人生一百才開始，最重要的就是多動動身體、活動活動筋骨。像我上個月才挖了兩個墓……」

「咳咳！」于承均大聲咳嗽阻止鬼老頭繼續得意忘形。

「總、總而言之……」鬼老頭岔開話題，「基本上我們算是同行，只不過我比較擅長田野調查，墓地的挖掘、文物搬運和清理修復樣樣都自己來。」

老羅教授贊同地點頭道：「說得也是，我就是在辦公室待太久，光做些文書工作，肌力都退化了。」

于承均坐立不安地思考著……說是思考，他現在只覺得腦子發脹，這種束手無策的感覺大概是生平第一次，令他無法泰然處之。

在場其他三人都充分感覺到了于承均的焦躁，還是老教授先開口：「別著急，要是恆琰還沒離開市區，我就有把握找得到。即便他已經離開了，我大概也曉得他可能去哪……」

「這位老弟，你怎麼會知道你孫子綁架了一具殭……一具乾屍後會上哪去？莫不是他常這樣做？」

問話的是鬼老頭。于承均看得出來，鬼老頭雖然一臉笑意，但眼中算計的光芒可一點未減。于承均明白，鬼老頭也想弄明白羅家人在搞什麼鬼。

老羅教授搖搖頭嘆道：「他們父子倆鼓搗的那些玩意兒完完全全背離考古的範疇，那些不切實際的……」

老教授的聲音被一陣急促的鈴聲打斷，只見老教授從口袋掏出一支手機，熟練地解鎖後接聽。

只見老教授面露喜色，交代兩句便切斷電話，對于承均道：「找到我孫兒的行蹤了！」

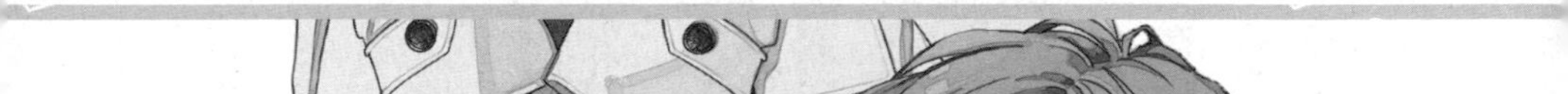

Zombie's Love is 100% pure

第十二章

金癱軟在座位上，體內忽冷忽熱，還有種想嘔吐的感覺。

這些痛苦一半來自於羅教授在他身上綁著的奇怪繩子，另一半則是暈車引起。

他現在正坐在一輛高速行駛的轎車內，旁邊坐著討人厭的羅教授。

「金，你需要嘔吐袋嗎？我希望你不要吐在車裡，畢竟我們這一趟可能會花個幾天，回來之後才能洗車……」

金撇過頭不理會羅教授的「關懷」，心想著，要是能吐得羅教授的車子一塌糊塗就好了……

適才在地下室時，羅教授冒了句「那裡不是你的墓穴」云云，後來無論金怎麼追問，羅教授卻是隻字不提，要不就是顧左右而言他。

在他們證實刑求測謊對金沒用之後，羅教授便將插在金身上的劍拔下，改用墨斗線綁住金的身體，手腕和腳踝也套上墨斗線打成的結。一套上這些東西，金就渾身發軟，四肢像是套了手銬腳鐐似的沉重。

羅教授吩咐下屬將金身上的血汙清理乾淨，傷口處也包紮了，還讓他換上乾淨的衣服。這一點金倒是沒說什麼，欣然地接受了，一身黏答答的血汙實在怪不舒服的。

不過為了不讓羅教授進行得太順利，過程中金嘴上的抱怨沒停過，例如水不夠熱或是不要男人幫他梳洗之類的。

面對金的各種無理條件，羅教授照單全收，只除了染髮這個要求，因為染髮太浪費時間了。

金在梳洗時才赫然發現，自己原本染的黑髮竟然全褪色了，恢復成原本的豐潤金色。金相當不滿但也無可奈何。

「你的頭髮不是我做的。」羅教授澄清，「將你帶來這裡之後就發現你的頭髮變色，大概是刺了你那一劍，所以你的身體開始產生抗拒反應，想將不屬於身體的東西全部排除，因此連染髮劑都褪掉了。」

等金打理完畢後，他們便將金帶出關著他的地方。那裡是一棟公寓的地下室，離羅教授家並不遠。

金看了看天色和影子，應該差不多下午一點左右，就是不曉得自己昏迷了幾天，均是否正心急如焚地找著他……金自嘲地笑了笑，均說不定以為自己上哪溜達去了。

被塞入車裡，完全不知道上哪去，金看著周圍的景物漸漸轉為陌生，只怕是再也沒機會回去那個熟悉的地方。

「你並未睡很久，不過一晚。」羅教授忽地說道：「于承均今天一大早就打電話問我你的行蹤，聽起來像是等了一夜的門。我想，他應當也是很在意你的。」

金愣了愣，問道：「那你怎麼說的？」

「我說你和其他研究生一起出去喝酒，然後睡在他們家了。」

金緩緩別過頭，輕聲道：「那就好，我不想讓均擔心。」

羅教授微笑道：「不過他遲早會拆穿我的謊言，到時他肯定會擔心的。」

金冷笑道：「我倒覺得你擔心自己就成，均找到你這裡只是時間問題。」

「我相信他可以理解我的苦心。」

……狗屁！金在心裡暗罵，表面不動聲色地試圖將手上的墨斗線拆除，得想辦法逃脫才行。

看羅教授的言辭以及好心告訴他均的消息，金有預感此趟要去的絕不會是什麼好地方。

車子一路暢行無阻，在目的地停下時，金忍不住乾嘔起來，沒嘔出什麼東西，倒是咳了些血。被刺傷的地方痛得他幾乎要流淚了，還能感覺到開車門時灌進來的冷風穿過傷口的刺骨感。

下車之後金才發現，他們在一座巨大建築物外頭，周圍熙來攘往，應該不是個毀屍滅跡的好地方。然後他便發現所有人皆行色匆匆，手中拖著行李箱……

突然一陣轟鳴聲震響，金抬頭一看，一個龐然大物從頭頂飛過。

金雙腿一軟，踉蹌地扶住車子。他知道這裡是什麼地方了。

羅教授一下車便有人迎了上來，交給他一些東西。羅教授回頭對金道：「金，這是你的機票和護照……當然是偽造的，等會兒我們要……你怎麼了？」

「要、要搭飛機？」金顫抖著問。

「是的，你的身分是外國人，無論去哪裡都需要護照。」羅教授慈祥地解釋。

金臉色發青，抓著車子道：「我不搭飛機！」

雖然于承均曾跟他說過，搭飛機可能比坐車還平穩一些……至少天氣好的時候，而且也不受路況限制，但他無論如何都無法想像坐在如此巨大的鐵皮桶裡怎麼飛得起來。

手機、電腦、微波爐等現代化產品，金都用得得心應手，唯獨飛機他始終不敢嘗試。

「我死都不搭那鬼東西！」金鐵青著臉咬牙道：「反正你總歸要殺了我，不如現在動手好了。」

羅教授搔搔腦袋，一臉苦惱地說：「這就麻煩了，我們要去的地方搭車得花上一整天。我想在其他人發現之前離開這裡，所以你必須跟我們一起走。」

「我拒絕。」金強硬地說。

一直跟在羅教授旁邊的黑衣男人——剛剛開車的就是他——湊上前道：「不如將他打暈裝在箱子裡託運？」

「不，現在海關抓得很嚴，我不想冒險。」羅教授搖頭，沉吟了會兒轉頭對金道：「很抱歉，你非跟我們一起走不可。我並不想拿劍逼你就範，但如果你不配合我的話，遭殃的就會是于承均了。」

「你敢動他?!」金瞪著眼睛沉聲道。

「如果你不願意配合的話……是的。」羅教授的語氣溫和，卻有著不由分說的強勢，「傷害其他無關的人並不是我的本意，若你執意如此，我就不得不找你重要的人下手，請你考慮清楚。」

金恨恨地看著羅教授，這之間孰輕孰重完全不用考慮。金一把搶下羅教授手上的機票和護照，拖著孱弱的身軀、頭也不回地走進航廈。

現在正逢連續假期第一天，機場裡萬頭攢動，要找到一個人談何容易？于承均和葉離努力想從人潮中找到金的身影，踮起腳尖或站到椅子上卻都毫無斬獲。

老羅教授布下的天羅地網相當有效，沒一會兒就接到消息，說是發現了羅教授的車。發現的人馬上開車，保持著一定距離跟在羅教授的車屁股後，一路尾隨到了機場。

于承均一行人趕到機場，卻得知跟蹤的人失去了羅教授的行蹤。但據他們所說，羅教授身旁有一名看起來病懨懨的金髮男子。

聽他們描述的形貌，的確很像金，雖然疑惑著金日前已染了黑髮，但還是抱持著「寧可錯殺一百也不願放過一個」的態度在機場裡展開搜尋。

「為啥羅教授要帶小殭屍來坐飛機？送他出國展覽？」鬼老頭有些敷衍地東張西望著，「聽起來他們像是相處得很好？莫不是已經達成協議，展覽門票五五對分？」

于承均一顆心懸在半空中，顧不得鬼老頭的渾話，兀自沉思著。目前看來金應該還活著，這讓他心中的煩躁減輕許多，

總覺得只要一回頭，就會看到金澄燦爛的金髮和湛藍的雙眼，以及見到自己時臉上浮出的笑容。于承均忽地覺得心臟鼓動變得強烈又快速，分不清是緊張還是興奮……或者兩種心情都有。

「師父！」耳邊突然傳來葉離的呼聲，聲音中的驚喜顯而易見。

于承均回頭，見葉離站在椅子上，指著前方興奮叫道：「我看到阿金了！他在那裡！」

于承均顧不得其他旅客的抱怨及白眼，連忙也踏上椅子。

順著葉離指的方向，他看到了人群之中一個顯眼的男子。那男子垂著腦袋，一頭

金髮半掩住臉，身上穿著單薄得不像這個季節該有的裝束。

于承均渾身僵硬，手開始發顫。

從沒想過再見到金會帶給他這種震撼，頓時眼中只剩那個憔悴的身影，全身細胞似乎都催促著他快點行動，衝過去給那人一個擁抱並將他帶走。

不工作也無所謂，就算要養金一輩子也無所謂，現在的于承均願意付出任何代價，只為讓金留在他的身邊。最後，幾乎要滿溢出來的千頭萬緒只化成一聲呼喚。

「奕慶！」

他的聲音在人潮洶湧的機場裡很快地被淹沒，但金還是聽到了。這個低沉溫醇的嗓音是金沉睡百年後聽到的第一個聲音，依舊溫柔得讓他為之鼻酸。

金轉頭，越過重重人牆，便見到遠處一人高高地站在椅子上，表情還是如往常的淡漠，眉眼卻充滿著喜悅的笑意。

「均……」金喃喃念著，聲音不自覺地有些哽咽。滿腔的委屈與不捨在見到他最在意的人時，終於不用再壓抑。

羅教授聽到金似乎說了什麼，回頭正欲問他，就見著金和于承均兩人遙遙相望著。他心道糟糕，沒想到于承均這麼快就找來了，本以為可以拖個幾天，等一切塵埃落定後再跟他解釋。

旁邊的黑衣男人也注意到了，從身後扯住金，小聲威脅道：「什麼話都不許說，否則你和他都別想平安走出這裡。」

金身體一僵，嘴唇張張合合還是沒說什麼，只能看著于承均輕輕地搖了搖頭。

于承均看著金蒼白的臉，心中疑惑著。轉念一想，難道金被羅教授脅持了？羅教授查覺到于承均的目光凌厲地射向他，只能若無其事地笑了笑。

「奕慶！」

這次的呼喚多了一些急切，讓金恨不得無視羅教授的威脅回到于承均那裡，但是……金看向于承均，再度搖了搖頭。

于承均愣愣地站在原地，對於金的異狀一籌莫展。

一旁的鬼老頭和葉離看得著急，直道：「小殭屍在搞什麼鬼？難不成真和羅教授勾搭上了？」

葉離不耐煩道：「一定是羅教授！我看直接上去打倒他然後帶走阿金，乾淨俐落！」

「小徒孫，你的腦袋怎地比我還糊塗？」鬼老頭無奈道：「咱們打到一半就會被航警架住了。我看還是……」

「等等。」于承均忽地開口，語氣沉著。「金被威脅了，我們要是擅自衝上去，只怕羅教授會對金不利。」

「你怎麼知道？心電感應？」

于承均斬釘截鐵地說：「金剛剛眨了眼睛。」

一老一小都是一愣，心道于承均該不會是撞著腦袋了？

于承均從椅子上跳下，低聲道：「金剛剛不自然地眨了眼睛，頻率是三長三短三長。這是摩斯密碼。」

「那是什麼意思？」

「SOS，金在跟我們求救。」

于承均簡單說完，隨即跳上椅子，用著宏亮的音量叫道：「奕慶，你要去哪裡？難道你移情別戀了？」

他的舉動成功吸引了所有排隊等候檢查的旅客們，大家都饒富興味地看著這個追女朋友追到這兒來的男人。

羅教授和黑衣男人則是吃驚地望著兩人。

金眨眨眼睛，馬上明白了于承均的用意。他無奈叫道：「抱歉，均，我們不能在一起了。我……我要離開你去找尋我的新生活！」

鬼老頭見旁邊行人紛紛對他們投以注目禮，尷尬地扯了扯于承均的衣襬，怒斥道:「你發什麼瘋?不怕害了小殭屍?」

于承均沒理會他,繼續道:「回來吧,金,我保證會好好待你!」

金看著于承均不說話,心中暗自竊喜,于承均果然看懂了他的暗示。之前一起看電視時曾看到這個橋段,當時金還興致勃勃地上網找了摩斯密碼表學了起來。

所幸羅教授和黑衣男人似乎都不想捲入這場兩個男人間的感情糾紛,不約而同地轉過頭,就怕被當成第三者,因此沒看到于承均刻意地眨眼。

金仔細地記下于承均的眨眼,當下因為腦袋一片混沌,還無法立即消化對方的訊息。

「——、・、——、、・、——・・・、・・・、、——・、、————・・・、、・・——・」

代換成英文應當是m、a、l、i、p……咦?是p還是n?金苦苦思索著。

羅教授咳了兩聲,低聲道:「閣下,請別太招搖,我不希望在這裡發生衝突。」

金抬頭一看,前方正是金屬探測門和檢查行李的X光機,等過了這扇門,于承均就無法進去了。

羅教授過了金屬探測門,轉頭示意金快跟上。

金邊想著于承均的暗示,邊走到金屬探測門中央。就在那瞬間,警報器猛然大聲作響。這聲音如醍醐灌頂,讓金幡然醒悟。

Malinger，裝病。這就是于承均的意思，要他假裝生病！

羅教授的聲音讓金回到現實。

他皺眉問黑衣男子道：「怎麼回事？不是吩咐過要將他身上的金屬都取下嗎？」

「我確實都拿下了。」黑衣男子小聲說道。

金想起之前在墓穴擋子彈時卡了不少在身體裡，應該是那些子彈吧？但他無暇探究警報器響的原因，最重要的是完成于承均的交代。

金眼睛一閉，身體一歪，便往地上倒下。

突如其來的驟變引起陣陣譁然。警報器大響時，所有人的注意力都在金身上，于承均亦然，他不清楚金如何觸發金屬探測門的警報，但見到金倒下時，他就明白該怎麼做了。

于承均撥開人群衝上前去，邊大喊：「快叫救護車！他心臟有毛病，裝了心臟起搏器！一定是探測門的電波干擾了起搏器的運作！」

他在心裡對著機場人員道歉，雖然明白探測門不可能對心臟起搏器產生干擾，此時也只能見機行事。

人們發出驚呼，毫不做作的慌亂讓這場戲顯得更加真實。羅教授已經意會到了這是金的伎倆，急忙想衝上前去警告金，但隨即到來的航警和醫護人員將人潮擋在外圍，羅教授也拿他們沒辦法。

機場的醫護人員進行急救，但患者始終毫無生命跡象，心跳脈搏都已消失。醫護人員將金抬上擔架，趕緊離開航廈送上救護車。在現場千百人的作證之下，于承均順理成章地以家屬的名義一起登上救護車。

于承均回頭看了看在人群中被擠得動彈不得的羅教授，心中暗道：這筆帳不得不算，下次再跟你結清。

救護車才開上國道，金的雙眼猛然張開，嚇得正在進行急救的醫護人員跳起撞上車頂。

「不好意思，老毛病了。」金滿懷歉疚道：「我的起搏器常常失靈，總是過會兒就好了。」

經過一番解釋，醫護人員們半信半疑地接受了金的說詞，打消了要他去醫院檢查的念頭，並在最近的交流道出口放下了兩人。

站在路邊目送救護車離開後，于承均回頭將金從頭到尾看過一遍，才問道：「你沒事吧？」

金鼻子一酸，眼淚幾乎要掉下來了。不過和于承均分開一天，卻差點天人永隔，這段時間的煎熬曾讓他一度絕望。如今能再見到于承均，對他來說，再別無所求。

「嗯……」

于承均皺眉道：「你的臉色看起來很不好，奕慶。」

金愣了一下，舉起手道：「可能是這個吧，羅教授綁的，戴上之後手腳一點力氣都沒有。」

于承均幫金解下手腕及腳踝上的墨斗線，問道：「還有其他的嗎？」

「還有……」金講到一半才想起什麼似的住嘴，改口道：「就這些，沒了。」

于承均看著金，眼神專注得讓金都有些不好意思，就這樣兩相對望著，兩人都沒開口。

「那個……均？」最後打破沉默的還是金，他不解地問道：「怎麼了？我臉上有什麼嗎？」

于承均發出聲幾不可聞的嘆息，伸出手輕輕撫上金的臉頰，指腹滑過眼睛下方浮起的黑眼圈。

正當金為了于承均主動的親密行為感到受寵若驚時，于承均往前一步，張開雙臂擁住了金。

金的身體好像更冰冷了，鼻端還隱隱約約聞得到股血腥味，此刻抱住金、感覺到自己懷抱裡的軀體，才讓于承均有了「金確實回來了」的真實感。

于承均閉上眼睛，心痛地說：「對不起，奕慶，讓你受苦了。」

金僵直著身體，心中驚疑不定。自己莫不是已經到了西方極樂世界？否則向來不太喜歡身體接觸的均怎麼會……

雖然疑惑，但于承均的氣味和熾熱體溫讓金無法多做思考。他緊緊回抱住于承均，口中含糊不清地說：「我很好、很好……」

只要能再見到你就很好……恍惚中，金緩緩閉上眼，一切都過去了，湧上來的是疲累和安心感……

毫無預警地，金的手一鬆，人就倒在于承均身上。

于承均連忙撐住他，抱著金的身體焦急喚道：「奕慶！」

金的腦袋無力地靠在他的頸窩，無論于承均如何叫喚或是輕拍臉頰都沒有醒來。

于承均慌忙伸手招車，一心只想趕快送金到醫院，早知道剛剛就不該拒絕救護人員的要求……

一輛車疾速駛來，一個急剎車就停在于承均身旁。

從副駕駛座探頭出來的是鬼老頭。他看到金躺在地上，只是皺了皺眉，對于承均道：「趕快上車，羅教授追來了。」

鬼老頭說話的同時，葉離也迅速地從車上跳下，和于承均一起將金搬進車裡。才上車，于承均就發現開車的人是老羅教授家裡的楊司機，讓金坐好後，他連忙道：「請到醫院！」

鬼老頭回頭罵道：「就算是華陀再世也不可能救活他！你別忘了，小殭屍也算個死人了，先帶他回去藏好再說。」

楊司機一臉狐疑地從後照鏡偷瞄著金，這個老外看起來挺正常的啊。不過他也不敢多說，深怕又惹到這群牛鬼蛇神，反正只要完成老爺的交代就好。

楊司機發揮出身為車手的極限力量，一路狂飆，將限速標誌和超速照相機全甩在後頭。在他約莫被拍下十張超速照片後，也到達了目的地。

這裡是一處看起來極普通的社區，老羅教授提供了一間公寓讓他們暫住以躲避羅教授的追蹤。

公寓裡窗明几淨，還殘留著淡淡清潔劑的氣味，家具及生活用品一應俱全，食物及飲水也都打點好了。不過短暫時間內，老羅教授竟能設想得如此周到，行動力也強大得令人咋舌。

金依舊昏迷不醒。

他們將金抬入房間內，動手解開金的衣服後，才發現胸口處那怵目驚心、足足有杯口這麼大的傷口。

傷口周圍看得出反覆戳刺切割的痕跡，暗紅色的肉都翻了出來。雖然已經止血，但這種傷勢會帶來多大的疼痛，大家都心知肚明。

葉離看到那個巨大的窟窿，臉上血色盡褪，一句話也說不出來。

鬼老頭翻看金的背後，發現傷口貫穿金的軀幹，背後也一樣慘不忍睹。他頓時怒氣橫生，罵道：「羅教授這兔崽子也忒心狠手辣！看我不扒了他的皮！」

于承均默不作聲，解開金身上的墨斗線，但手指的顫抖洩漏了他心中的情緒。他只能放空腦袋，才能稍微靜下心來為金處理傷口。

金……受了這麼嚴重的傷，怕自己擔心所以瞞著。金臉上虛弱卻真摯的微笑一直在他腦海裡揮之不去，微微的鼻音和泛紅的眼眶都說明著，在這段時間內金受到了如何殘酷的折磨。

金平時總是表現得很怯懦，怕坐車、怕鬼、怕蟑螂……于承均至今才知道，他比自己堅強多了。

比起自己的逃避，膽小的金卻始終坦蕩蕩地面對未知的一切，毫不掩飾自己的感覺。

于承均第一次為了他人的痛而痛，但他明白這遠遠不及金所承受過的。

他們合力將金身上殘餘的血汙擦拭乾淨，並將金的傷口上藥重新包紮好。于承均讓金靠在他腿上，放了盆熱水幫金將髮中黏著的血塊洗乾淨。

「不要太擔心。」鬼老頭看著于承均面無表情的樣子，心知他故作鎮定，內心八成已經在考慮要用什麼方式對付羅教授，「好在他是殭……活屍？我也不知道他算啥啦。總而言之，這種傷勢並不足以致命，而且傷口已在癒合中。」

于承均梳理著金糾結的頭髮，抬眼道：「我知道，師父。目前最重要的是搞清楚羅教授擄走金有什麼目的，至少等知道真相後，我才會找他算這筆帳。」

「還有，我想小殭屍應該需要喝點血。」鬼老頭躊躇地說：「等等去買個血袋回來……小殭屍喜歡什麼血型？AB？」

「不用。」于承均秉持著不能浪費的原則拒絕道：「我直接餵他就行。」

鬼老頭搔搔腦袋道：「好吧，就依你決定。我看你現在氣血上湧，放點血消消氣也好……」

「師父。」一直保持沉默的葉離忽地開口，「我曉得你擔心阿金……可是也不要太逞強，這並不是任何人的錯。若是阿金知道你抱著贖罪的心情，我想他也不會開心。」

沒等于承均反應過來，葉離便拉著鬼老頭離開房間。房間內恢復安靜。許久，于承均才長嘆了口氣，連葉離都長大了，比他這個監護人要堅強得多。

于承均幫金吹乾頭髮，讓他躺回床上。

醫藥箱裡擺著小刀，于承均拿起刀子，在左手掌心割了道口子，鮮血瞬間滲出。他趕緊撐開金的下顎，將手湊近讓血液滴滴答答地滴進嘴裡。金就像是剛出生還未睜眼的小動物，靠著生存的本能吸吮著甘甜的血液。

吸了于承均的血，金的臉色明顯好了很多。于承均用手指拭去沾在金嘴唇上的鮮血，感覺到柔軟的唇冰冷濕潤，竟讓他心臟突地一跳。

于承均著魔似地反覆摩娑著金的唇，然後往上劃過他的鼻梁和眉眼。或許是感覺到于承均的動作，金纖長而濕潤的睫毛輕輕顫動著，絨毛般柔細的觸感讓于承均有些捨不得離開。

他倏地有股衝動，想吻吻這張蒼白的臉，而他的確這麼做了。金的夢囈讓于承均頓時清醒。他懊惱地按住自己的胸口，試圖按捺住因作賊心虛而紊亂的心跳。

再怎麼說也不能趁人之危啊……大概是金的無意識讓他肆無忌憚起來，平時的他絕不可能做出如此出格的動作。也唯有在這時，于承均才敢放膽表達自己的感受。

「奕慶……」

于承均呢喃著，執起金的手包覆在自己掌裡，試圖讓這冰冷的身體升高一些溫度。

「等你醒來，我就告訴你我對你的真正想法。」

房門外傳來輕輕的叩門聲。于承均迅速地縮回手，深怕讓人看見似的。

「什麼？」他啞聲道。

「師父。」這是葉離的聲音。「那個……老教授來了。」

老羅教授在客廳裡正襟危坐。一見到于承均，他便顫巍巍地站起，拄著拐杖深深一鞠躬道：「我要為我孫兒犯下如此天理不容的行為向你道歉。」

于承均連忙攙住他道：「別這樣說，若不是您的話，我們可能永遠也找不到羅教授的行蹤。」

老羅教授站起身，一臉愧疚地說：「我希望能多少補償你。至於你們帶回來的乾屍，我已經準備了口上好的棺材及一處山明水秀、風水位置極佳的墓地……」

「不、不用這樣做……」于承均心虛說著，邊瞄了瞄在旁邊竊笑的兩人。

「請你務必接受我的心意。」老教授堅持道。

「那具乾屍我會葬在……葬在家族墓園裡，不勞您費心了。」

老教授終於釋懷，對于承均道：「原來如此，那麼請務必讓我上個香，打擾了他的安息實在很抱歉。」

于承均敷衍地說：「當然，等確定入土日期後，我會通知您的。」

四人再度寒暄了一番後才坐下。

才剛坐下，老羅教授便嘆氣道：「我這身子骨越來越差啦，只希望在我閉眼前能看到恆琰回家。我太對不起兒子了，沒照顧好他唯一的血脈，讓他誤入歧途……」

「這都是小孩子自己的選擇。」鬼老頭搖頭，「除非他們自己清醒，否則你說什麼都沒用。」

「教授，提出這樣的要求可能很厚臉皮。」于承均沉聲道：「不過，我想您應當還監視著羅教授，能否告訴我他去過的地方及所有行程？」

「你是要……？」老教授瞇著眼問道。

「有些事情必須要問清楚，不過我能保證不會傷害羅教授的性命。」

只不過是要把他加諸在金身上的討回來罷了，于承均心道。

「很抱歉，當他要刻意隱瞞時我也找不到人，就算知道我也不能跟你說。」老教授斷然拒絕。「畢竟是我的孫子，我不能讓他陷入任何可能的危險中。」

于承均看著他，臉上波瀾不興。

Zombie's Love is 100% pure

第十三章

待老教授離開後，鬼老頭斜眼看著于承均道：「你傻了？」一臉殺氣騰騰地問人家孫子在哪，白痴才會跟你說。」

于承均淡然道：「我本來就不指望他會說，只是先讓他做個心理準備。」

「啥意思？」

于承均從口袋掏出一疊東西。「這是在金的口袋裡發現的機票和護照，我想羅教授應該是往這裡去了。」

葉離湊上前看了看機票的目的地，念道：「遼寧省瀋陽市？去東北幹嘛？冰雕季早過了。」

鬼老頭嗤道：「知道他去哪有何用？瀋陽這麼大，一出機場連個影子都找不著！」

于承均唇角勾起，微笑道：「我連絡了徵信社，他們已經跟上了，才通知說羅教授剛在瀋陽桃仙機場出境。」

「喔，你什麼時候變得這麼機靈？」鬼老頭稱讚道。

「徵信社那裡一有消息就會通知，咱們先靜觀其變。」于承均平靜道。

當天晚上金就醒了，應該是羅教授刺他那一劍讓他體力流失過多，但在其他人的悉心照顧及于承均這個現成血庫的支援下，金恢復神速。

眾人圍坐在床邊，金將自己的遭遇一五一十地說了，聽得其他人咬牙切齒，恨不得宰了羅教授洩憤。

「沒想到羅教授連小殭屍的身分都知道，的確不能小瞧他。」鬼老頭喝了口茶之後道。

「那些黑衣人原來是羅教授的手下！」葉離忿忿不平地說。

「羅教授一開始就知道墓穴裡埋的人的身分，而他派人去也是為了奕慶……」

金點點頭。「他是這樣說的。」

「他找你要做什麼？難不成你欠他祖宗的債沒還？」鬼老頭認真地說。

「羅教授也沒叫我還錢。」金聳聳肩，「他應該是修道之人，所以見不得我這種殭屍猖狂橫行。」

「不過，為什麼羅教授說咱們上次挖的地方不是阿金的墓？」葉離疑惑地問道。

「這個嘛……我猜有兩種意思。」鬼老頭摳著下巴道：「其一，就是說小殭屍你鳩占鵲巢，占了別人的墓，說不定就是因此被墓主詛咒，你才變殭屍的。」

「應、應該不會吧？」金慘白著臉道。

「其二嘛，就是你本來並非葬在那裡的，後來因為什麼原因才移去的。我想這個可能性大些，因為他們找到你的那地方，我實在看不出來有什麼特別風水地形可以養出像你這樣的殭屍。」

金不滿說道：「我正常得很。」

……就是這樣才奇怪啊，于承均在心裡道。

他幫金掖了掖被角，問道：「一般來說，下葬之後應該不會再移棺，這樣不僅費事，也怕動了風水，除非是原先的墓地發生了驟變。」

「這我也不清楚，不過的確有人會在尋得更好的墓地後進行移棺。」鬼老頭沉吟道：「其中一個會在下葬後移棺的理由，就是墓主屍變，破壞原有的風水靈地。」

大家不約而同地看向金。金一臉委屈嘟囔道：「我哪有那種可以改變風水的能力……」

「那麼，羅教授原本預定去的地方，可能是最初的下葬處？」于承均思忖道：「這聽起來似乎挺合理。奕慶他並未被承認，所以不能葬在河北的皇陵，改而選在金人的發掘地關外做為安葬之處。」

金往後一靠，垂頭喪氣地說：「我越搞越糊塗了。到底當初殺我的人是為了什麼緣故？我又葬在哪裡？羅教授為什麼要尋我晦氣？」

于承均見狀，溫聲道：「別著急，事情遲早會水落石出的。我想羅教授應該知道不少事，到時候必要逼他全盤托出。」

他讓金躺下歇息，尾隨在鬼老頭和葉離身後要離開房間，卻被金叫住。

「均，可以再陪我一下嗎？」金半撐起身體，一臉期盼地說。

于承均讓其他人先出去後輕輕帶上房門，坐回床邊的椅子，將金壓回床上道：「快休息吧，我會陪著你的。」

金點頭，眼睛卻遲遲不閉上，直直地看著于承均。

「看夠了沒？」于承均打趣道。

金搖頭，表情懇切。

「那時我被羅教授刺了一劍後，心中始終遺憾著沒能多看你一眼。」

……我又何嘗不是？于承均憐愛地看著金。人總是直到失去時才曉得重要。

反倒是金不習慣于承均以如此熱烈的眼神看著，垂下眼微微紅著臉道：「那、那個……均，你還好吧？」

于承均躊躇著，他還記得數小時前在金的病榻前給過的承諾。但金醒來後，有些話卻沒那麼容易說出口。

冷靜下來之後，接踵而來的並不是像電影一樣的 happy ending，而是讓人不得不從中清醒的現實。

他的確很在意金，在意到為了金的失蹤而六神無主，為了金的傷口而倍感痛苦。

但……這又能如何？在此之前，自己都是以一種鴕鳥心態躲避金的感情。

他故意無視金的心情，想要和金保持安全距離，太過濃烈的感情讓他覺得沉重，于承均並不覺得自己有辦法處理好這種關係。

金的失蹤讓于承均終於正視自己的感覺，同時他也畏懼著。

做著這種見不得光的職業，于承均希望至少在其他部分不要與社會脫節，所以他的人生規劃一直是找個對象結婚生子，過著一般的生活。

性別是其次，金甚至不是人……

金是個死過一次的人，他可以想怎麼活就怎麼活，但于承均無法如此瀟脫，他擔心要是接受了金，之後會如何？如果金離他而去，他卻無法再回頭，那又該如何？

他明白自己對金的感覺，卻無法說出或坦然地接受一切。于承均渾身發顫，他第一次覺得無法掌控自己的未來……別說是未來，就連現在的心情都如脫韁野馬般不受控制。

「……均？」金嘗試著喚他。

于承均身體一震，站起身來就想落荒而逃，乍然想到才答應要多陪他一下的，只好狼狽地坐了回來，啞聲道：「快睡，否則我要出去了。」

金迅速閉上眼，心想著均奇怪的舉動。第一次看到均的表情變化如此豐富，不曉得他在煩惱些什麼。

不過這次回來後，他也感覺到了于承均的變化。于承均的眼神依舊溫潤如水，但似乎多了其他東西，那是更複雜的、他無法解讀的情感，而于承均時而親暱時而疏離的態度，也讓他無所適從。

在他離開的這段時間裡，于承均發生了什麼事？

隔天，徵信社傳來的消息澆熄了眾人猛烈的復仇火焰。

羅教授在瀋陽市區住了一晚後，便驅車往本溪市。奇怪的是，他們前往的地方是著名的風景區本溪水洞，世界最大的充水溶洞。

徵信社人員買了票跟在羅教授後方進去，卻在搭船遊洞時丟掉了目標位置。羅教授連人帶船一起消失了。

「怎麼可能這麼大一艘船就這樣憑空消失?!」鬼老頭罵道：「我看是那徵信社想晃點你！」

于承均正幫金換藥，聽聞此消息後，拿著棉花棒的手愣在半空中，「本溪水洞……這地方是傳說中滿清位在關外的龍脈，雖然沒聽說那一帶有古墓葬，但我想羅教授前去，絕不僅僅是為了觀賞石灰岩洞。」

金光著上半身撫著自己的胸口，看起來有些興奮：「我有預感，咱們越來越接近事情核心了！」

「這會不會是羅教授的陷阱？來一招請君入甕，毫不費力就能逮著小殭屍了。」鬼老頭掏著耳屎道。

「極有可能。」于承均拿了透氣膠帶將患處上紗布貼好，並用彈性繃帶在金的身體繞了幾圈以固定傷口。「不過我也擔心這是否為調虎離山之計，將我們全引開之後，奕慶一人也很危險。」

「你去哪我就去哪！不要留我一個人。」金哀求道。

「可是……」于承均話沒說完，忽地聽到鬼老頭科科笑了起來。

「傳說中啊，滿人的寶藏就藏在龍脈當中。」鬼老頭整張臉上的皺紋都因為貪婪的笑容而擠在一起。「我決定了，咱們就一起去找羅教授看他玩什麼把戲，順便找找努爾哈赤留下的寶藏。」

「老頭子！你的主要目的是找寶藏吧？」葉離不客氣地罵道：「你看太多《鹿鼎記》了吧？水洞那邊幾乎全開發過，就算有寶藏大概也被政府收光了。」

「小毛孩懂什麼？那水洞曲折離奇，八成有什麼機關祕道在裡面沒人發現……」

兩人爭執不休，于承均也習以為常了，無視他們的吵鬧，問金道：「奕慶，你覺得怎麼樣？」

于承均相當驚訝，不過隔了一天，金的傷勢竟然已經看得出明顯的改善。

金深呼吸了幾下後——當然只是裝裝樣子——笑嘻嘻地說：「還好。羅教授那把劍有古怪，所以傷癒合得慢了一些，不過還不至於構成威脅。」

葉離雖和鬼老頭吵著，耳朵也沒閒下來，轉頭嘲笑道：「你昨天還一副病懨懨的樣子咧，就會吹牛。」

「我沒吹牛。」金認真地說：「我剛剛發現傷口竟然往身體內癒合了。你懂嗎？就是前胸和後背的皮接在一起。等傷口痊癒後我的胸口中央就會多個風洞……」

「聽你在唬爛！」

他們花了一天時間採買裝備，因為擔心羅教授可能會設下埋伏，所以之前的裝備只能先擱置，打算以新裝備去面臨危險。

將裝備打包好，先寄到本溪的某家旅館，要是帶著這麼大包的東西上機，只怕登機前就被逮了。

出發前，鬼老頭從懷中掏出個東西放在桌上，恭敬地對它拜了拜。金一瞧，那是尊小小的泥塑人像，人像背後還雕著「所過隳突，無骸不露」兩行小字。

「這是曹操，咱們盜墓的祖師爺。」鬼老頭邊膜拜邊道。

「這……真要做這麼絕？」金看著神像背後的字，面有難色道。

「那只是寫好玩的，就像出征前打氣一樣。」于承均解釋道：「我們當然不會做到這種地步，雖同是盜墓，但也有情節輕重之分。」

鬼老頭拜完，起身奸險笑道：「這滿人藏在關外的寶藏大概不比武則天的五百噸陪葬品來得少。我看，大概要叫幾輛貨車在外頭等，一車車運出去……」

「我相信到時候在外頭等著的會是警察。」葉離沒好氣道。

由於時間急迫，金不得不對現實做出妥協——和其他人一起搭飛機前去。

才剛起飛，金就被飛機的轟鳴聲搞得神經兮兮，不斷害怕地問著于承均飛機是否會爆炸，連周圍乘客也誤認為金是恐怖分子。

一路上，空姐不斷來座位上警告于承均看好他的同伴，否則造成其他乘客的恐慌的話，就要請航警處理。于承均一邊安撫緊抱著他的手臂死也不放開的金，一邊在心裡發誓，絕對不要再讓金搭飛機了，就算車程再久他也願意。

鬼老頭和葉離早知道金的毛病，因此劃位時特地選在隔了好幾排的地方，徹底撇清關係。

瀋陽今天天氣不錯，太陽高照著，不過體感溫度只有零下十幾度。在這時節，各地都冷，但對他們來說，北地氣溫簡直稱得上酷寒了。從來沒來過北方的葉離渾身裹得緊緊的，穿了起碼十件衣服，整個人看起來臃腫不堪。

驅車前往本溪市，他們為了避免引起注意，分別訂了市區內兩間旅館，裝備早已在他們入住前送到。剛到旅館，于承均便和鬼老頭一同前往本溪水洞探看情況。

兩人偽裝成一般遊客，在售票口買了票進入位於俠柯山的水洞入口。洞口進去是相當廣闊的「迎客廳」，大廳右側是個旱洞，另一邊則是往地下河的碼頭。

于承均與鬼老頭並沒閒情逸致遊覽高低錯落、迂迴曲折的旱洞，而是直接了上遊河的橡皮船。穿上雨衣後，撐起長槳，緩緩往前划。

水洞位在海拔兩三百公尺處，洞內終年維持著攝氏十度左右的氣溫，比起外頭來這裡簡直稱得上四季如春。五彩燈光照射在石壁上，增添了華麗繽紛，再加上小船來來回回，人聲嘈雜，竟是相當熱鬧。

本溪水洞裡的地下河是世界上最長的暗河，河水清澈見底，潺潺不絕。洞裡奇形怪狀的石灰岩景觀也同樣讓人目不暇給，鐘乳石、石筍、石柱及石幔形成的壯闊絢麗景象，就如將綿延不絕的層巒疊嶂及逶迤的大川，縮小放到石洞裡，著實蔚為一絕。

鬼老頭看得嘖嘖道：「在看到這景觀前還真無法理解這水洞的盛名，如今看來，還真沒有其他洞天可比擬此處的絕景了。」

于承均毫不掩飾自己的興趣缺缺，蹙眉道：「這地方看起來是個十足的觀光勝地，我很懷疑來能找到什麼線索。」

「你還真庸俗。」鬼老頭搖頭嘆道：「美景當前，你怎麼還有心思去想那些？」

「因為這是我們來的目的。」于承均不顧鬼老頭的興致，潑冷水道。

「事情不能只看表面，越是弄得招搖就代表其中一定有詐。羅教授這招可能就是想要利用咱們的預期心理，引著往死胡同鑽。」鬼老頭呵呵笑著，「在我看來，這些石壁後頭就藏著千年來最偉大的寶藏，讓它們堆在這裡積灰真是太糟蹋了。」

……說到底您也是欣賞那些金銀財寶。于承均心裡暗嘆自己和鬼老頭一樣庸俗。

約莫一小時後，地下河的遊覽來到盡頭，前方是尚未開發區禁止進入。

本溪水洞全長約五千八百公尺，後方三千公尺的部分還未開發。據說有塊巨大岩石在此處河底將地下河分成兩段，羅教授就是在這一帶失去蹤跡的。

「我猜想，羅教授莫不是摸進了前面的未開發區？」鬼老頭輕聲問道。

「這裡沒有其他岔路，也只能作此猜想。」于承均低聲道：「今晚再來，就從這裡開始。」

是夜。

四人趁著月黑風高，潛入了關閉的水洞裡。由於晚上洞裡的燈光全關上了，水洞裡伸手不見五指，只能將礦燈的亮度調至最低，避免打草驚蛇。

到了開發區的盡頭，于承均將裝備分給眾人並道：「這裡水不深，不過我們得注意水裡是否有暗道，所以還是得用浮潛這個方法，水帥就帶著以備不時之需。這些裝備很重，葉離，要是你背不動了就跟我說一聲。」

金坐在橡皮艇上，愣愣地看著其他人開始換上潛水衣。

「奕慶，還愣著做什麼？快換潛水衣。」于承均指示著。

金一臉疑惑道：「咱們要潛入水裡？」

「廢話，要不然你飛過去？」葉離動作迅速，已經套上蛙鞋，邊試著水溫邊說道。

「你不會穿這個？」于承均會意，拿起潛水依指示金道：「先將這防水拉鍊拉開，然後——」

「我……」金囁嚅著打斷了于承均的潛水衣教學。

「什麼？」于承均沒聽清楚。

「我不會游泳……」金紅著臉小聲地說。

三人一起轉過頭看著金，詫異的表情讓金的臉更紅了。

「你不會游泳？你老家不是個海港嗎？」鬼老頭看出于承均和葉離都不好意思揭人短處，率先問道。

「我怕水，所以沒學游泳。」金理直氣壯地說。

「你現在也算是個死人，難道還怕水嗎？」葉離調整著蛙鏡邊說道：「我看你直接在水裡走好了，就像那部海盜電影一樣，反正你也不用呼吸。」

「我、我不敢啦！」金也不怕丟臉了，豁出去地大叫，「要是看到水鬼怎麼辦?!這地方怪陰森的，一定有東西！」

「真沒種。」鬼老頭搖頭道：「看到你這麼一隻怪殭屍，那些妖魔鬼怪才要退避三舍咧，你還怕他們？」

「沒關係。」于承均丟給金一件救生衣，刻意不看他如小動物般閃著求救光芒的雙眼。「你穿上這個，就負責注意石洞裡的狀況。等會兒我們也輪流浮潛，保持兩上兩下，水底和石洞都要注意才行。」

于承均假裝著檢查背袋，但金看得出來于承均似乎在閃避他。

從他被綁回來後，均就不太直視他了，偶爾的四目相接也總是會很快地撇過頭。雖然對他的關心依舊，這種態度卻讓他丈二金剛摸不著頭腦。

金甚至生出了于承均是否已經厭惡他的念頭，說不定，于承均只是將照顧他視為一種義務……這種想法讓金感到沮喪無比。

一直都是這樣，他的努力總是徒然，什麼都不懂的他就像瞎子摸象，找不到該走的方向。

金默默地穿上救生衣，假裝著自己不在意。

提著兩盞礦燈，四人就下水了。

雖然洞裡溫度還有十度左右，進到水裡就完全不同了。于承均打了個哆嗦，和葉離點頭示意一下便戴上蛙鏡，兩人一拍一拍地前進。

鬼老頭和金負責水面上的部分。金笨拙地划著水，葉離還特意浮起嘲笑他的動作看起來簡直像打太極拳一樣，鬼老頭則愜意地以仰式游著。水洞相當長，這樣勘查下去不曉得要花多少時間，因此選擇了最省力的仰式。

前進沒多久，他們便看到了將河道分割成前後段的巨石。

黝黑的岩石峨然矗立在河道中央，兩旁隙縫僅夠一人通過。這裡水深不到十公尺，不需要用到水肺，于承均吸了口氣潛進水裡，在岩石四周仔細尋找著可能藏在陰影處的暗洞。

鬼老頭和葉離也一起潛下去尋找，師徒三代都相當擅長潛水，只留了旱鴨子金在水面上載沉載浮。金穿著橘色的救生衣，無聊地拍著水，其他三人時不時地浮上來換氣，又馬上潛下去。連于承均也不太理會金，敷衍地說：「你安靜待著就好。」

河水極清澈，一開始藉著礦燈燈光還能見到三人在水裡的身影，但隨著他們越游越遠，身影隱沒在岩石後，便只聽得到汩汩水流在石洞內的聲音。

金突然有些害怕，夜深人靜時單獨待在這種地方，簡直跟挑戰膽量沒什麼兩樣。水洞裡常有詭異的氣流颼過，風聲在這時特別引人注意。金也知道他是自己嚇自己，但會怕就是會怕……

驀地，有個微弱的窸窣聲音鑽進金的耳裡。

那是一股若有似無的聲音，有點像風聲，但當他凝神細聽時又消失不見了。

金打了個寒顫，開始後悔自己沒跟于承均一起潛下去了。

他的懊悔沒持續太久，那聲音又出現了。這一次聲音並沒消失，反而漸漸的由遠而近地越來越清晰，明顯聽得出來它來自於金的背後。

以金看過的無數恐怖片的經驗來看，聽到聲音而回頭的人就會成為下一個炮灰。金完全能理解片中角色為何會忍不住回頭了，不明其源的聲音有種魔力，就像是有蟲子爬在身上一樣，讓人既恐懼又想一探究竟。

聲音越來越近，就像是什麼東西正一步步地走來，金可以查覺到這聲音在水面激起的漣漪，一波波地打在他的皮膚上。

金浮在水上，雙眼發直瞪著前方，想像後方的水鬼踩著細碎的腳步靠近他……咦？據金所知，他們都是在水裡「抓交替」——這是他在電視上學到的名詞，怎麼會有水鬼在水面上走？

正欲回頭，一隻手猛然抓住了金的後腦勺。

金尖叫出聲，邊叫邊掙扎著想把頭上的鬼手拍掉。他拚命向前划水，試圖往下潛求救，但身上的救生衣阻撓了他的行動。他手忙腳亂地邊踢著水邊解開救生衣的繩子，忽地腳踝被用力扯了一下。金猝不及防，就被拖進水裡。

金的雙腳一陣亂踢，踢開了攫住他腳踝的鬼手。金連忙往上游浮出水面，隨即就看到個鬼影跟著他浮上來了！

金在驚嚇之餘，竟然神智不清地揮拳就打，被那鬼影俐落地閃開。

閃開金的粉拳之後，鬼影拿下臉上的偽裝，開口罵道：「你神經病啊?!莫不是腦袋進水了？」

金才看清跟他一起浮上來的人不是什麼水鬼，而是……「小葉子！」

嘩啦兩聲，于承均和鬼老頭也從岩石縫游了過來。

「你尖叫什麼勁啊？」葉離一臉鄙視地說：「叫得像個娘們似的，害我們以為你發生了什麼事才趕緊過來看看，差點被你這個忘恩負義的傢伙打著了。」

「水……有水鬼！」金結結巴巴地說。

「水鬼？」

「他、他剛剛撲在我頭上……」金指著自己的腦袋道：「還想把我拖下水。」

「抓你腳的人是我啦！」葉離翻白眼道。

于承均游近，將礦燈調至最亮仔細看著水面下。看了半天後，撈起個在水面上漂浮著的東西，問道：「我只看到這個而已。」他手上拿著個濕淋淋的塑膠袋。

金一細想，那奇怪的聲音的確有點像塑膠袋。大概是風吹得袋子不住作響，然後飛到他頭上……

「不過是個塑膠袋，麻煩你看清楚再驚慌失措好不好？」葉離悻悻然道。

金一臉委屈，不過連于承均都不同情他。

「你說這塑膠袋在這洞裡飛來飛去？」鬼老頭拿下嘴裡啣著的呼吸管，「這裡應當是水洞中段吧？笨徒弟，你不覺得這裡風大了些？」

于承均略微沉吟。剛才一直待在水裡，浮起來後才發現風吹得人頭皮發麻。「這種石灰岩溶洞本來就多孔隙，對流旺盛……不過這裡的風確實強得有些玄乎。」

「咱們上岸找找，只怕是有暗洞在。」

他們兵分兩路，在地下河的兩邊尋找。岸上長滿了石筍和石柱，幾乎沒有立足的地方，只能下半身浸在水裡，攀著石頭慢慢地找。

找了不過十分鐘，葉離忽然一聲驚呼，「師父，這裡！」他指著石洞壁上一處約有五公尺寬的石幔，「這下面有風吹出來。」

于承均游了過去，攀上岸、跨過重重奇形怪狀的石頭，走到石幔前。石幔一整片的看起來就像是水洞壁的一部分，走進後才看到，在其他石頭的遮掩下，石幔下方靠近地面處有條約四十公分高的縫隙。這縫隙並不是自然形成，而是人工敲出來的。

鬼老頭抓著金也上岸了，瞧了瞧情況道：「這洞的確很難發現，要是沒穿過來貼著看根本不會知道，幸好葉離小兒夠靈敏。」

于承均趴在地上觀察，石幔下方的洞直通到水洞壁，水洞壁上也同樣鑿了個通道，拿手電筒一照，前方還有個轉彎，不曉得通道多長……

「真不想鑽這老鼠洞大的地方。」鬼老頭嘆道。

「我先去探探路。」于承均解下身上的裝備說道：「你們就……」

「別探了，這樣一來一往還要多花時間。」鬼老頭已經開始將自己的裝備分成小包，一臉躍躍欲試的模樣。

于承均盤算了下，這個洞應該是盜採鐘乳石的人挖來通到後山的祕密通道，應該不會有什麼危險，但四人一齊進退可能會更花時間……他瞄了瞄鬼老頭，心道算了，在地下他最大。

「那麼，我打頭陣，師父您殿後。」

于承均也將裝備解下，教葉離和金如何分包，並將他們的裝備分了些過來。

適才粗估了一下，那個暗洞看得到的部分相當狹窄，大背包根本無法攜入。他將裝備分成兩包繫在腳踝上，水胏的壓縮鋼瓶則拿在前方，遇到前方攻擊時，鋼瓶應該可以適時阻擋一下。

眾人打點好後，于承均便趴下從洞口鑽進去，其他人隨後跟上。

暗洞的高度只夠眾人趴著匍匐前進，地上堅硬又崎嶇不平，岩壁濕漉漉地不斷滲水，而且前進方向忽高忽低，爬起來格外吃力。

于承均拿出指南針，邊爬邊記著方位和距離，在這種洞裡沒有地標，若是遇到山崩或岔路時容易迷失方向。四周洞壁有著明顯的敲鑿痕跡，不過尖銳的稜角早已被水珠浸潤得平滑，看來這條通道有段時日了。

暗道長得出乎于承均的意料。本以為水洞坐落的位置不過海拔兩三百公尺，以俠柯山的占地面積來看，如果是從後山挖進來，通道就嫌太長了些。

前進一陣子後，通道漸漸變得開闊，高度足夠他們屈膝撐起身子。

只是這通道也長得驚人，爬了近兩小時都不見盡頭。于承均在腦中畫了下大約的方位，暗道一開始相當蜿蜒，到了中途之後便平直得多，一路往西南方向延伸過去。

至少于承均可以確定，這絕不是盜採鐘乳石的暗道，沒有人會大費周章挖鑿一條數公里的通道。

Zombie's Love is 100% pure

第十四章

爬了數小時後，眾人都出現疲態。于承均放慢速度，鬼老頭也不斷抱怨自己的風濕似乎快發作了。雖然穿著潛水衣，但手和膝蓋等長時間和地面磨擦的部位都開始疼痛，尤其是葉離，因為不習慣這種行為，步步都倍感艱辛。

金敏銳地察覺到眾人的疲態，一邊也訝異於自己的身體竟然都不覺得疼痛或疲勞，大概變成殭屍後連痛覺都麻木了，看殭屍片裡那些怎麼砍都不會死的殭屍就知道，要是換成生前嬌生慣養的他，八成爬沒幾公尺就倒地了。

金想了一下，輕輕拉住不斷前進的于承均的腳踝，叫道：「均……」

他殊不知此舉動引起了相當劇烈的反應。

于承均一直努力放空自己，強迫自己專注在眼前的事上。他知道金對於他的冷淡感到受傷，連自己也對自己的優柔寡斷很厭惡，但他無法驟下決定，在這當下還無法確定自己對金的感情是否能稱得上……他甚至連這感情要如何定義都不明白。

幸好眼前有其他事要忙，所以他可以暫時擱置感情問題。他也看得出來金在按捺著什麼，雖然感到抱歉，但他還是選擇逃避。現在他還未釐清自己的思緒和感情，光是金的近距離存在就讓他夠苦惱的了，更遑論是身體接觸。

於是當金的手摸到他的腳踝時，于承均像受到驚嚇的馬一樣跳了起來，腦袋一下子撞上岩壁。

這結結實實的一撞讓所有人吃了一驚，爬在金身後的葉離率先發難，拿著浮潛用的呼吸管往金的屁股上狠狠一戳，罵道：「喂，你別突然動手動腳的，會嚇到人，你不知道嗎?!」

「對、對不起！」金慌慌張張地道歉。

于承均捂著撞得生疼的天靈蓋，也自覺失態，但更不好意思面對金，頭也沒回以掩飾自己的困窘，結巴道：「沒、沒事……」

鬼老頭在隊伍最後，罵人倒是不落人後，說道：「你年紀也不小了還如此毛毛躁躁，拍你一下就嚇成這樣……真是丟我的臉。」

「對不起，均。」金又再度道歉，「我只是想問你們要不要停下來休息一下。」

「咱們走到哪兒了？」鬼老頭問道。

「這暗道朝西南，雖然GPS收不到信號，但我們應該還在本溪市範圍裡。」

鬼老頭想了想，皺眉道：「你是說咱們現在往西南?那豈不是往千山那裡去了?」

于承均想對鬼老頭說話，但一回頭就看見金正瞧著他，趕緊轉回來。「這條路並未順著地勢開鑿，我想應該是通往其他地方。」

金的耳朵忽地抽動了兩下，說道：「前面有水的聲音。」

「什麼水的聲音？」葉離莫名其妙道：「我啥都沒聽見啊？」

金湊上前，耳朵貼著岩壁。「真的有水聲，應該在前面不遠處……而且聲音越來越大了……」

「咱們該不會在繞路吧？」鬼老頭對著于承均高聲叫道：「笨徒弟，要是等會兒繞回水洞，我可不會放過你喔！」

于承均皺眉道：「怎麼可能繞回去？師父，我的方向概念比您好多了，那就是為什麼每次下地我都負責導航的原因。」

被說到痛處，鬼老頭差點跳起來。「你不曉得有些墓穴裡會放著讓指南針失靈的東西？到時候你再……」

「噓……」金整個人幾乎貼到壁上。「真的有聲音，不信你們聽。」

于承均學著金靠在岩壁上。「真的有……難道這條路通到其他地下河？」

金忽地如觸電般彈了起來，也不顧于承均是否介意了，抓著他往後拖邊大叫：「快往後爬！那水……要沖過來了！」

眾人聞言大吃一驚，但一時間卻沒人反應，似乎對金的話有些半信半疑。

于承均第一次看到金如此驚慌害怕的表情，也來不及分辨其可信度，便叫道：「師父，快往回爬！」

鬼老頭愣了一愣，才如夢初醒般地邊回頭邊罵道：「咱就這倒楣，爬個老鼠洞敢情是爬到汙水管去了！」

葉離也手忙腳亂地轉過身，腳上的包袱卻嚴重阻礙了行動。

「老頭子，你可別亂說話，如果這是汙水管，咱們豈不是要被沖下去的……的……」葉離怎麼樣都說不出那個詞。

于承均忽覺身下一涼，低頭一看發現後方的水流過來了，並且正迅速升高中。他知道以他們的位置絕對不可能躲過，便叫道：「水肺拿緊別丟了，這水來勢洶湧，要是氧氣瓶丟了，被砸到腦袋一定會開花！」

話才說完，他就聽見後方傳來激烈的水流沖刷聲。

前方的鬼老頭和葉離也聽見了，趕緊將氧氣瓶背在背上，戴好蛙鏡。

不過幾秒鐘的時間，大水就以排山倒海之勢而來。于承均還未感覺到水的冰冷，就被水流拋了起來，整個人撞在岩壁上。接著，水流咆哮著將他們往前沖，就算戴著蛙鏡也只看得到白色的浪花在翻滾。

于承均被水流拋得七葷八素，只能盡量抱著頭減少衝擊。不曉得第幾次狠狠撞上岩壁後，水似乎終於找到了宣洩的出口，突如其來的下墜感讓于承均慌了手腳，接著「撲通」一聲，他便掉進一個池子裡。

掉落的重力加速度讓他直往水裡沉，但他很快回神，在腳感覺碰到堅硬地面時，用力一蹬，然後一口氣往上游。

浮出水面，趕緊游離不斷沖刷下來的水柱，于承均吐出口大氣，然後貪婪地呼吸著新鮮潮濕的空氣，不過數秒時間，卻讓他有了在鬼門關前走一回的感覺。于承均看看四周，發現這裡不是他們剛經過的水洞，而是一個從未見過的岩洞。

他所在的這個水池位在岩洞一角，前方的岸上看得出來岩洞繼續延伸下去，前方的甬道相當筆直，幽深不見盡頭。

他身後的岩洞壁上約七、八公尺處，水不斷嘩啦啦地流下，剛才應該就是從那洞裡掉出來的。隨即，他便想到其他人，左右張望尋找他們的蹤跡。

馬上，水柱下方的水面浮起個影子，那是鬼老頭！

于承均連忙游過去將他扯了過來，邊拍著大聲咳嗽的鬼老頭的背、邊找葉離和金。他和鬼老頭經驗豐富尚且搞得如此狼狽，葉離和金只怕是……

一個人影猛地浮出水面，大叫道：「均，快來幫我！我、我浮不上來！」

那是金，手裡還拉著另一個穿著潛水衣的瘦弱身影。

金一手努力划著水，一手抱著葉離，盡可能想浮在水面上。

于承均確認鬼老頭能自己上岸後，游過去接過昏迷的葉離，拖著他游往岸上。

待大家都上岸後，于承均連忙探看葉離的情況。

「小葉子只是喝了幾口水，應該沒撞傷。」金慌張道：「剛才水一沖來時，我就抓住他了。」

于承均趴在葉離胸膛上，確認他尚有心跳後，開始清理他口鼻裡的積水，並實行人工呼吸。沒一會兒，葉離睜開眼，一張口就開始吐水。

吐了半晌，才抬起頭到處看了看，確定所有人都在時他明顯鬆了口氣。

「這裡是什麼鬼地方？」葉離驚詫問道。

金這時才注意到四周，大驚小怪地說：「這裡不是水洞?!」

「你還真是遲鈍，小殭屍。」鬼老頭搖頭道：「咱們在那洞裡爬了也有數公里，怎麼可能水沖一下就回去了？要是回水洞，大概現在都還泡在水裡呢。」

「咱們會不會是觸動了機關？」于承均問道。

鬼老頭站起來走向通道裡，聲音在岩洞裡迴盪，「極有可能。剛爬了這麼久都沒見到其他岔路或孔洞，怎麼水一沖就來到這怪地方……話說這機關做得真是精妙，在人這麼多的風景名勝區下搞這東西必定要花費不少工夫。」

「我想這機關有一半可能是天然的。」于承均放下身上背著的東西，在四處岩壁上摸索著。

「什麼意思？」金歪著頭問道。

「咱們剛爬的那條通道是人工開鑿，看得出來已有一段時日了，應該在水洞開放前就有了。」

于承均回想著在爬洞時產生的疑惑，暗道前後段有著相當明顯的不同：前段岩壁上長了青苔，後段卻沒有；後段岩壁比起前段光滑多了，應當是水沖刷的結果。他並不認為那個暗洞會被頻繁地使用，由此可見，出現在那的水流並不是觸動機關才流出的，而是……

「之前在本溪水洞的源頭天龍洞那裡發現了間歇泉，我想剛剛那道水流應該也是，只不過在很久以前便有人設下用水流啟動的機關，將泉水引到這裡，因此沒人發現地下有其他間歇泉存在。」于承均沉吟道。

「他媽的這麼大費周章……這地下溶洞的規模可能比看得到的要大多了。」鬼老頭雙眼發光，「咱們真是好運氣，遇上了間歇泉噴發的時間，要不爬到盡頭了又折回來，就不曉得這裡的玄機了。」

「那麼，師父，您打算繼續往前走？」

「廢話，我才不想空手而返！既然都到這了，哪有不走下去的道理？羅教授八成早已發現此處機關的奧妙，認為我們不可能會發現，才敢明目張膽地在水洞那裡消失，我敢肯定他一定是往這裡來的。」

他們花了些時間暖暖因泉水而幾乎凍僵的身體，等手指不再因寒冷而顫抖時，鬼老頭便迫不及待地踢著依舊癱坐在地上的葉離，催促道：「快走吧，這裡就一條路，一直坐著，值錢的東西也不會掉下來。」

這條人工開鑿的岩洞相當狹長且曲折，似乎當初的開鑿者試圖模糊在其中行走之人的方向感似的。甬道略為狹窄，雖然高大的于承均和金兩人得稍微低著頭避免撞到岩壁突出的部分，但比起剛才的老鼠洞，能夠用走的就讓人滿足了。

對於這種漫長得像是行軍似的走法最為厭惡的鬼老頭，一反常態地沒有任何抱怨，興致勃勃地走在最前頭，健步如飛的模樣看不出來是個百歲老人。

于承均這次倒是很感謝鬼老頭的急躁。由於快速的行進當中，于承均還得記下方位和距離以防迷路——天知道這條看起來極為單純的甬道會不會有其他機關——因此他可以強迫自己不去聽金在身後的腳步聲。

那聽起來有些沉重的腳步聲，如影隨形地跟著于承均，他不敢回頭，深怕被身後那濃烈的情感吞噬殆盡。

于承均也明白自己心裡只是在找個代罪羔羊，將過錯全推到金的身上，自己便可以裝成受害者，裝成是迫不得已跳進金所設下的陷阱……但如果他沒動心，金所做的一切便不會對他造成任何影響。

他不想承認陷入這種關係的自己並無能力處理現況。他在心中假設了不下上百次，要是金是女人就好了、要是金是個活人就好了……如果這樣，所有問題說不定就能迎刃而解……如果這樣，金還會是原來的那個金嗎？

說實在，于承均希望金能保持原樣，也希望兩人維持著像之前一樣若即若離的關係。

要金待在身邊，自己卻無法做出任何承諾……明知這種想法自私又卑鄙，但于承均遇上這種問題時卻無可避免地開始現實起來。

他一直嚮往著家庭生活，只是在他的生活安定下來前，並無打算認識其他人。他向來認為，自己總有一天會回歸正常的規範社會；他不會一輩子從事見不得光的盜墓行業，當然也沒想過娶個殭屍當老婆……

但那隻撿回來的殭屍還是打亂了他所有步調。

……媽的！自己何時也變得如此扭捏？于承均的腳趔趄了下。

無法放棄金的他，要如何拋下最在乎的人事物而按照原定的人生計畫？

于承均的愛既現實又單純，愛一個人便是願意和她成立家庭，退休後過著含飴弄孫的生活，兩人一起白頭偕老……無論是哪一項，金都無法做到，更別說是生孩子了。

一想到要和金有肌膚之親，他的心跳便如擂鼓般無法控制，分不清這種緊張從何而來。

雖然曾在幫金換藥時看到他的軀體而覺得口乾舌燥，但他催眠自己，那只是錯覺罷了。于承均明白，金對自己的感情也絕不是柏拉圖式的，從他平常喜歡上下其手就能知道了……

歸納起來，他和金似乎是兩情相悅？這個想法讓于承均悚然一驚，一個沒注意，頭便撞上低矮的岩壁。

結實的聲響讓所有人停下腳步。

葉離和金擔憂地看著他，鬼老頭則是搖頭道：「你最近到底怎麼了？錢給人騙光了，所以這麼失魂落魄？」

于承均閃避上前關心的金的眼神，慌張解釋道：「這、這是老花眼……」

葉離和鬼老頭皆心想：大家都看得出來他心不在焉，這種謊言要騙誰？

金善解人意地說：「均，年紀到了也是無可避免的，不過你應該需要配副眼鏡。」

于承均沒作聲，默默轉過頭。會相信這種離譜謊言的，大概只有純真的金，所以他更覺得無地自容。

「咦？」金突然豎起耳朵，往前跑了幾步。「前方有水流聲……」

葉離的臉色瞬間變得慘白，顫聲道：「不會又來一遍吧?!」

金做出噤聲手勢，仔細地聽了一會兒。「應該是自流泉或地下河之類的……」

鬼老頭眼睛一亮，也顧不得其他人，逕自往前奔。

走了約莫十分鐘，眼前豁然開朗。這是個極大的天然溶洞，橫亙在眼前的是一條湍急的地下河及兩岸的石灰岩景觀。

「咱們不會走回水洞了吧？」鬼老頭瞪著眼睛問。

「不是。」于承均胸有成竹地說：「這是另一條地下河，海拔比本溪水洞要低一些，看這流向……似乎是往東北。」

「在地圖上找不到這地方耶……」葉離提著礦燈，臉幾乎要貼在地圖上了。

「嘖，這下子要往哪兒走啊……」

于承均四處看了看，在幾公尺外的地方找到了生火痕跡，旁邊還扔了個灰色、約莫半個手掌大的物體。

他撿起那東西，走回來道：「你們看。」

「這是什麼？」

「這是橡皮艇的充氣閥門。」于承均拿起來仔細端詳。「旁邊有裂縫，所以才扔掉了。那裡還有生火的痕跡，餘燼還殘留著。」

「至少可以肯定羅教授是坐船走了……可是，往上游還下游？」鬼老頭疑惑道。

于承均喃喃道：「這裡水流極快，若往上游去，單靠撐篙是沒辦法的，一定要裝馬達才行。不過從充氣閥來看，我也看不出羅教授用的是否是掛機式橡皮艇……」

他思索半天，心想：假設羅教授也是從相同路線進來，那麼就要從那老鼠洞搬運沉重且體積不小的馬達進來……聽起來似乎不太可能。

「先往下游看看。」于承均慎重地說：「我想下游的機率高一些，要是不成，咱們再走回來。」

于承均拿出折疊成小包的橡皮艇及迷你氣泵迅速地充氣，四人穿上救生衣、乘上橡皮艇，順著水流前進。

為了攜帶方便，于承均買的是材質較輕薄的橡皮艇，這種適用於垂釣的橡皮艇並不若泛舟用的堅韌，因此在水流略急的地下河航程中，坐在船尾的于承均和鬼老頭兩人拿著摺疊槳控制方向，以免橡皮艇四處亂撞、被河岸兩旁的石頭劃破。

這條不知名地下河的規模比本溪水洞要小一些，但橡皮艇駛出一段時間後，他們就明白了這條蜿蜒曲折的水道可能才是世界上最長的石灰岩溶洞。

「這條河的方向往東北……」于承均看著指北針驚詫道。

雖然河道彎彎曲曲，但于承均每過個彎就在地圖上點上詳細定位及距離，因此可以判斷出這條河的大致流向是西南往東北。

「往東北?這不是完全與地勢相反了?」金皺眉道:「難道這條河不會出海?」

鬼老頭捋了捋頭頂僅存的頭髮道:「沒聽說那一帶有什麼內陸湖,大概是滲入地下了吧。我倒是比較在乎這條河的源頭在哪,西南那邊地勢低,我想這河應該也是地下水冒出形成的。」

越往下游,河道也漸漸變得寬闊,水流平緩,沿岸是未遭到人為破壞的石灰岩景觀,但卻無法抱著閒適的心情欣賞。

坐在船頭的金和葉離一人提著一盞礦燈照明,隨著船的移動,照得岸邊那些交錯林立的鐘乳石與石筍彷彿活過來似的,映照在岩洞壁上的影子看起來影影綽綽。膽小的兩人都不想在對方面前示弱,咬緊牙關按捺著恐懼。

于承均目空一切、渾然忘我地死盯著前方,看起來像是全神貫注著路況……他當然不會害怕區區的影子。

對他來說,坐在自己前方的男人更可怕。

金背對著他,修長的身軀蜷縮在一起。由於金對於冷熱沒什麼感覺,在這寒風蕭瑟的季節仍然穿得相當單薄,削短的髮尾貼在裸露著的白皙頸項上,偶爾還能瞥見他因左顧右盼而轉過來的側臉……

當于承均發現划著槳的手停了下來、並緩緩向金伸出時，他才意識到自己的腦子裡已經想像摸上那看起來細膩的皮膚會是什麼感覺……

突然一個激靈，于承均轉頭便見到鬼老頭奇怪的眼神。

「你和小殭屍吵架了？」鬼老頭湊到于承均耳邊小聲奸笑道：「看你剛剛一副想把他推下去的樣子……怎樣？我幫你一把？趁這機會整整他……」

于承均百口莫辯，總不能說出其實是……

他只能作賊心虛道：「您、您別胡說了！」

兩人對話時特地壓低了聲音，連葉離都沒聽到，但他們忽略了聽力超群、連五六百公尺外的水流聲都能聽清的金。

金聽聞鬼老頭的話後大驚失色，整個坐立不安起來，但又不敢回頭問……

難道于承均終於受不了他的糾纏、決定將他丟在這裡一勞永逸嗎？金後悔地想，早知道就不應該仗著于承均對他百般容忍而過於得意忘形了。

四人就這樣各懷心思，緩緩順著水流漂向未知的那頭……

航程出乎意料的長。一夜未睡的葉離坐在船頭打起盹，而鬼老頭的雙眼圓睜、布滿血絲，說不準是睡眠不足還是因為想財寶想得血脈賁張。

于承均一路上記著方位和距離，算出定位已經離一開始的出發點約有數十多公里，他便小心翼翼地提出問題：「是否該往回走了？還是我們忽略了什麼岔路？」

「不知道！」鬼老頭暴躁地說，看來他已經忍著焦慮一段時間了。「一路上根本沒見著什麼岔路，還是羅教授那小王八羔子又搞了什麼暗道出來……」

見鬼老頭開始鬧小孩脾氣無故遷怒，于承均只能耐心說道：「那麼您決定如何？要繼續往前還是回頭？」

鬼老頭怒道：「老頭子我除非死了才會回頭！管他什麼滿清的寶藏，我才不稀罕！我現在覺得走到這條河的盡頭更重要，說不定我們會發現全世界最長的地下河，到時候以我的名字來命名，比起那些庸俗的寶藏，不是更了不起嗎！」

被鬼老頭吵醒的葉離老大不爽，翻了翻白眼酸溜溜地道：「您老的話前後矛盾呢。」

于承均皺眉示意葉離別忤逆鬼老頭的意思，要是讓鬼老頭找到藉口發作，只會提出更多無理要求。于承均已經不指望這一趟能找到羅教授了，關於這件事只能回去後從長計議，現在他也覺得當初自己實在太衝動。

金看著大家怒氣沖沖的樣子，算了算時間，才發現他們已經餓了三餐了，心想大概是血糖不足搞得眾人疲累又心浮氣躁，忙拿出背包裡的乾糧給大家分著吃。

「我也想繼續走下去，看看羅教授到底想讓我知道什麼。就算這次無法如願，還有下次機會。所以，你們就輕鬆一點，等會兒靠岸找個地方休息一下吧。」

最喜歡反駁金的葉離也點點頭表示贊同，他的確需要好好躺平睡一會兒。橡皮艇是四人座的，想稍微斜靠著瞇一下眼都沒辦法。

河道後段石灰岩地形沒那麼顯著，地勢平緩多了。于承均找了處較平坦的彎道靠岸讓大家小憩，才剛上岸，還沒來得及生火，葉離便靠著石頭睡著了。鬼老頭迷迷糊糊地交代于承均排第一班守夜後，也迫不及待鑽進睡袋裡，眼睛一閉就發出輕微的鼾聲。

于承均將葉離叫起來讓他攤開睡袋再睡，一回頭，發現金也躺在鬼老頭旁邊，看起來像是睡著了般。

于承均微微嘆了口氣，拿了外套墊在金的頸後。過慣富貴生活的金對於重生後的窮酸生活毫無怨言，只有上次月圓元氣大傷後，曾怯生生地問于承均能否給他一個柔軟的枕頭。

……大概是在棺材裡睡了一百年的玉枕，讓他現在依然餘悸猶存吧，于承均想著。

從金被刺傷以來，也像一般人一樣需要睡眠休養生息，而且變得沉默許多，連葉離都不習慣金如此安靜。

明眼人——除了鬼老頭——都看得出來，金的改變是因為于承均最近讓人捉摸不定的態度。

于承均默默地生起火，等到火堆發出細微爆裂聲時，他將罐頭打開放在火堆旁加熱。火光映照著金熟睡的臉龐，將光滑的肌膚染上一片橙色。

于承均強迫自己移開視線，這種只敢在別人沒意識時才盯著看的舉動，簡直就是變態！

雖說如此，于承均還是無法遏止心中的衝動，只有這時，他才敢放任如泉湧般的感情與渴望……

驀地，一滴水珠順著金的臉滑下，隱沒在鬢髮裡。于承均抬頭一看，金的上方正好是一條鐘乳石，尖端部分正匯聚著水珠，眼看著又要滴落了。

他想也沒想，在水滴在金臉上前伸出手接住了。水滴在掌中破碎，沁入一絲冰冷。于承均維持著動作，低頭看了看金的睡臉，伸出另一隻手將金臉上的水痕拭去。

縱使無法說出心意，但他還是真心希望金能平安地活著，希望他能睡得安穩。

水珠一滴滴的在于承均掌中聚積，他小心地移開手，不讓即將溢滿出來的水滲出，然後伸出另一隻手繼續接水。

他能做的也只有這種微不足道的小事，不讓金發現、沉默地表達自己無法說出口的悸動。

金微微動了一下，于承均趕緊收回手，裝成若無其事的樣子，所幸金並未醒來，只是翻了個身繼續睡。于承均苦笑著走上前，將金的手腳從鬼老頭身上移開。

一夜過去，由於四人輪流守夜，每個人都獲得充分休息，簡單梳洗過後隨即登上橡皮艇繼續前行。他們不時地停下來觀察可疑的地方，但都毫無斬獲，最後鬼老頭也半放棄似地拿著相機東拍西拍，儼然如觀光客一般。

「我膩了。」鬼老頭忽地道。

于承均毫無所動直視著前方，專心地划船，葉離則是撇了撇嘴，擺出個「又來了」的表情。

「等一下要是看到出口咱們就回去吧，我不想再跟羅教授那小兔崽子窮耗時間了。」

葉離酸溜溜道：「要是有出口老早就出去了，問題是這樣一路下來，連個老鼠洞都沒瞧見。」

「往回划！」鬼老頭指示道。

于承均停了下來，轉頭道：「師父，這裡離一開始出發的地方已有一百多公里，要往上游划一百多公里……這我可吃不消。」

就金個人而言，他倒是寧願走路回去。雖然這水流還算平穩，但還是讓他胃中隱隱翻騰。

鬼老頭「嘖」了下便沒再作聲，安靜了半晌又忍不住道：「一百公里？不曉得能否算上個紀錄了。」

金捂著肚子看似虛弱地說：「目前發現最長的地下河在墨西哥，約一百五十公里……這是之前 Discovery 頻道介紹的。」

「喔！看來這條小水溝很有希望！」鬼老頭興奮地搓著手掌道：「咱們剛上船的地方感覺起來離源頭還有一段距離，而尾巴到現在都還沒看到……我先說好，這條河非得用我的名字命名不可！」

「以行走的距離和流速來看，現在位置已經非常深入地下了。」于承均沉吟道。

「你算得出大概是什麼地方嗎？」鬼老頭問。

「差不多……咦？」

于承均話沒說完，便眼尖發現岸邊有些不尋常的事物，緩緩撐船駛近。

Zombie's Love is 100% pure

第十五章

還未靠近，他們就知道走對方向了。原本凹凸不平的岩洞壁被鑿得方正平整，甚至連洞頂本該存在的鐘乳石也被挖掉了，修成圓弧狀的頂。

不過讓他們驚愕的是壁上大幅大幅的繪畫。左右兩邊描述的是同一場戰爭，但畫面不同，直連到頂將天空也忠實呈現出來，讓人彷佛置身其中。壁畫背景是壯闊綿延不絕的山脈，照山形看來應該是長白山。

小艇繼續往前，便看到了人物出現。

一人昂然挺立在馬上，身著毛皮滾邊的馬褂，頭戴毛皮帽子，面容粗獷威武。後方依舊是長白山，馬兒踩著的則是一望無際的草原。稍遠的草原上是數不清的人群，向著騎馬那人跪拜。眾人的服裝樣式形形色色，看得出是不同種族混合。

下一幅壁畫畫的是聲勢浩蕩的千軍萬馬即將攻破城門的樣子。守城的士兵們落荒而逃，兵器、鐵甲散落一地。士兵們皆穿著深色圓襟右衽外衣，下襬露出長度至膝的紅色袢襖，頭頂還紮著黑色皂巾。

攻城那方，有的著皮甲、有的穿鐵甲，最前頭那人意氣風發地騎在馬上。大部分人物並未穿著鐵甲，而是對襟盤釦且四側開衩的長馬褂，手中拿著長矛或是弓箭。最特別的他們的頭髮全剃光了，只留下腦後一小撮長髮隨風飛揚。

于承均提著燈靠近細看。雖然因為年代和濕氣，壁畫早已褪色，但依稀看得出當年的精美繪工。

「第一幅應該是描述努爾哈赤統一東北各部族……」于承均瞇著眼睛仔細端詳，「這幅則描述滿清攻打明朝的壁畫。守城這方穿的是典型的明朝官兵服飾，另一方則是滿人，最前面那個應該是皇太極……」

「滿人？」葉離一臉狐疑道：「滿人怎麼會留那種像電玩裡匈奴的髮型？他們不是剃掉半顆頭、後腦紮辮子？」

鬼老頭全神貫注地看著壁畫邊道：「早期滿人剃頭剃得可多了，只能留銅錢面積大小的頭髮，稱『金錢鼠尾』。後來慢慢增加了面積，甚至到嘉慶道光那時也頂多四、五個銅錢大。清末時才出現電視劇裡那種只剃一半的，電視劇為了美觀，總不可能讓演員全留個金錢鼠尾啊。」

葉離和金都瞪大了雙眼，一臉不可思議的樣子。葉離像是想轉移焦點似地大叫：「阿金，我不清楚就罷了，你這個活生生的清朝人竟然也不知道！」

金摸了摸自己濃密的頭髮，訕笑道：「比、比起念史書，我更喜歡文采薈萃的『四大奇書』，既唯美細膩又大氣磅礴……」

「亂七八糟！好的不學，盡看那些沒營養的書。」葉離罵得起勁，渾然不覺沉迷於《魔獸》中的自己和金有何不同。

鬼老頭迫不及待地往前划，接下來的壁畫，描述的是穿著黃袍的人御駕親征，從年代和服飾推算，這描述的應當是康熙三征葛爾丹。戰爭的壁畫結束後便是康熙在熱河修建避暑山莊以及出京巡視等事蹟。

隨著小艇前進，眼前全是清代君王事蹟，照著年代順序一幅幅的呈現。壁畫裡當然省去了清朝末年積弱不振、列強窺伺的窘境，極盡誇大歷代君主的各種文治武功。

于承均心中疑惑著。他只看過兩種壁畫：一種是宣揚宗教的，例如敦煌石窟的佛教壁畫或梵蒂岡聖彼得大教堂裡的天主教壁畫；另一種則是某些好大喜功的傢伙死後仍不甘寂寞，非要把自己生前事蹟誇大渲染一番畫在牆上。

這種將歷代皇帝事蹟全畫上去的壁畫，實在讓他毫無頭緒。

他提出問題，馬上惹來鬼老頭哀嘆：「你怎麼就是腦袋不靈光？你想想，清朝皇帝都葬在清東陵和清西陵，所以這裡不可能是古墓葬，而牆上畫的都是皇帝們東征西討、勵精圖治的畫——雖然不太符合史實，但在人家家裡想怎樣就怎樣——這就證明了這裡一定擺放著他們打天下囤積下來的寶藏。我們身處滿清的龍脈長白山中啊！」

雖然于承均認為這是鬼老頭只想著寶藏，就算牆上畫的是山頂洞人或是火星人他都有辦法扯到滿清的龍脈，但自己也想不出更好的理由反駁。

倒是葉離一臉狐疑：「這就像是在家裡牆上寫著『保險箱在這』一樣吧？誰會白

痴到開放讓人家偷？」

「那咱們盜的那些墓怎麼說？」鬼老頭笑嘻嘻道：「明知道會被盜還將值錢東西全放在裡面……總而言之，墓主就是希望別人看看他們的墓有多氣派輝煌。」

「我覺得他們應該沒想過會被偷吧……」

金看到光緒皇帝的壁畫時，毫不隱瞞地露出濃濃的眷戀，但還是不禁笑出聲來，「這畫不錯，就是把老爹畫得太威武，就算老爹看到也會大笑的……咦？那是什麼？」金指著稍遠處的岸邊。

于承均瞇著眼看清楚時，心中悚然一驚。他划著船迅速駛去，還沒靠近，葉離便驚叫出聲，一臉驚懼道：「那、那是屍體?!」

岸邊一處較寬闊的地方，周圍的壁畫被破壞得滿目瘡痍，幾具屍體躺在壁畫上的光緒皇帝前，看起來極為怵目驚心。于承均讓其他人待在船上，自己上岸探看，細數了下，地上躺了八具屍體，其中五人都穿著相當眼熟的黑衣。

以屍體的倒臥姿勢和所持武器來看，此處應該經過一場驚天動地的槍戰。

其餘人遠遠的也注意到了幾具穿著黑衣的屍體。金以手掩面，一副作嘔欲吐的樣子道：「這、這不會是羅教授吧……」

「不是，看來這些人在這裡應該有段時間了。」于承均掩著口鼻道：「軟組織皆已液化僅存屍骨，以這裡的氣溫和溼度來看，應該至少數個月了。」

鬼老頭爬下船，走到屍體旁撿起一把手槍，然後扔到一旁無奈道：「都生鏽了。」

于承均心道，看來鬼老頭想得沒錯，前方應當有什麼東西存在，或許是極大的利益，才讓人拚了性命相爭。不知另一方是誰，遇上羅教授後，火拼的下場是兩敗俱傷。

他不禁回頭看了看金，當初如果不是金，他和葉離恐怕也要葬身在墓穴裡了。

葉離看著其他方向，假裝沒見到那些看起來依舊濕黏的白骨，「如果可以看到幾個月前的屍體，就表示羅教授已經盜過這裡了……為何還要再來？」

「誰知道？」鬼老頭聳聳肩膀，一想到這龍脈藏寶處可能已經有好幾組人馬來過，他便不抱任何希望了。他自暴自棄地說：「不是地宮太大，就是值錢東西太多，搬不完。」

于承均蹙眉看著這慘烈的情況。要是在這地下和羅教授碰上絕對不是好事，他們勢單力薄，火力也不足，還是只能小心行事，別和羅教授起正面衝突比較妥當。鬼老頭也深知這點，在屍體上東翻西找，但終究沒找到能用的東西。

鬼老頭可能已經忘了最初的目的，但于承均還記得。他們得查出為何羅教授要帶金來這，還要問出他綁架金的企圖，順便報復一下……要是能在報復途中撈到些好處倒也不是壞事，但目前看起來皆難如登天，只怕他們還沒近羅教授身就被當成靶子了。

橡皮艇持續前進，氣氛已不復之前的閒適，在推測出這裡可能藏著大批寶藏後，心情反而更加緊繃了，因為想來分一杯羹的，看起來遠遠不只他們。

除了金，此時他心中一片澄澈。

金也明白眾人的顧慮，心中想著要是遇上敵人，自己一定要擋在他們前方，就算丟掉性命也在所不惜。縱使于承均最近對金的冷淡讓他大惑不解，並一度感到沮喪，但前一晚的接水舉動金全看在眼裡了。

當他偷偷睜開眼睛，看到于承均認真地接著水的表情，金隱藏在心中的不安頓時停止叫囂，全部沉澱下來。

金和于承均兩人的個性大相逕庭，對感情的態度也是。金毫不隱藏自己的熱情，也希望對方能夠以實際行動證明，所以他才會整天糾纏著于承均；于承均悶騷慣了，從不說出自己真正的心思。

但經過昨晚後，金明白了均依舊關心著他，雖然他還不清楚為何均平常表現得如此冷淡，或許他有自己的考量……金不奢求均回應他的感情，現在只要能待在均的身邊、成為他生活中的一部分，光是這樣就夠了。

金不希望均因為他而有所改變，更不想自己的任性成為他的煩惱。

他想守護均所珍惜的一切人事物。

金也不確定自己到底懂不懂愛，年齡一百二十歲的他實際上只有二十歲的閱歷，這短暫的二十年，並不足以讓他經歷人生的各種酸甜苦辣。

但這並不重要。對金來說，能夠遇見重要的人並守護他，這種體會已彌足珍貴。

他不再迷惘，也不再躊躇。若是只做有把握的事，如何能知道自己的極限在哪呢？這是金看到的一句廣告臺詞，雖然拿來解釋自己的處境有點厚臉皮……但金從來都不是個懂得矜持的人。

停下自怨自艾後，金忽覺有如醍醐灌頂般想通了一切。不曉得何時會再歸於塵土的這具身體，要是再加諸煩惱在其中，豈不是太愧對它了？

金從思考中回過神來，還來不及細思這是否太「豬哥」，身體已經不由自主地往于承均那裡靠近。

他裝得如弱柳扶風的樣子，眉頭緊蹙道：「均，我覺得不太舒服。」

果不其然，于承均立即放下了槳，著急問道：「怎麼了？你的傷口還痛嗎？」

金捧著心口，面色痛苦地道：「有一點……可能還有些暈船……」

于承均手忙腳亂地幫金拍著背，還拿出暈車用的穴位貼紙幫金貼在耳後。

鬼老頭饒富興味地觀察著這種穴位貼紙對殭屍是否有效，葉離則是用著充滿憐憫的眼神看著兩人，心想：會相信這種蹩腳謊言的人大概只有自家師父了。

金暗自竊喜，在這場兩人互相角力的競賽中，只要掌握了于承均濫好人的個性，就等於搶得先機。遲鈍的于承均絕不會料到他心裡打著這種鬼主意……

牆上壁畫突然中斷了，但任何人都看得出來不是因為清朝覆滅的關係。

在後段牆上，幾乎沒看到關於末代皇帝的壁畫，取而代之的是滿人往山上撤退、把江山讓給漢人的樣子，不過雖是隱退，周圍卻雲霧繚繞，像是神佛升天一樣的排場。

鬼老頭的解釋是，畫出這壁畫的人為了面子，才在壁畫上透露出將政權交還給漢人是由「神治」改為「人治」，總而言之就是自滿自大、不願承認失敗。

不過在這之後其實還有一塊壁畫，只是整幅被敲掉了，細小碎石塊散落一地，徒留坑坑洞洞的牆面。

于承均手上忘了動作，也沒注意到金哀怨的眼神。消失的壁畫顯然是解開這地方謎團的關鍵，在這之前都是已知部分。不曉得毀掉壁畫的人是誰，又有什麼目的……

橡皮艇突然顛簸了下，震得船上三人都是重心不穩、連忙扶著船沿穩住身體……金正堂而皇之地躺在于承均身上，更是趁亂抱個滿懷。

原本還算平緩的地下河道突然出現了至少有二、三十公分的高低差，水勢也變得湍急洶湧，嘶吼著承載橡皮艇不斷往前。于承均和鬼老頭拿起槳穩住船身，努力維持著船頭在前，葉離和金則負責保護放在船上的裝備。

「怎麼會有這種河段啊！」葉離蜷縮著身體，抱著背包大叫。

金面色發青，看起來像是極嚴重的暈船症狀，但還是不忘放一下馬後炮：「我早就料到了。在有泛舟情節的電影裡，划到最後一定會出現這種地方，一堆亂石和漩渦，若是幸運沒在這翻覆，河的盡頭就是個瀑布……」

「閉嘴，阿金！」葉離怒斥：「別烏鴉嘴了！」

橡皮艇被捲起的白色浪花顛得上上下下，眾人都被淋濕了，但這裡不能靠岸、無法後退，只能咬緊牙關繼續前進。小艇輕巧，只靠兩人之力幾乎無法控制方向，于承均和鬼老頭使盡吃奶力氣，橡皮艇還是隨著河水的翻滾打轉。

倏地，橡皮艇重重撞上河底一塊突出的岩石，船底發出陣令人膽顫心驚的撕裂聲。

葉離臉色大變，顫聲道：「橡皮艇被劃破了！」

金捂著嘴艱澀道：「我快吐了……嘔……」

于承均划著槳氣喘吁吁地說：「這橡皮艇是獨立氣囊，只破了一處不礙事……」

說時遲那時快，船側又撞上了暗石，尖銳的石頭在船面拉出條長長的口子。

于承均正查看船體損害的程度，鬼老頭突然將槳往旁邊一丟，竟是放棄的樣子了。

「師父！」于承均怒道：「那槳很貴，我打算繼續用下去的！」

鬼老頭沒看他，抓著橡皮艇上的繩子，伏低身體道：「咱們要是能活著回去，我買十組新的賠你。這次還真被小殭屍說中了……」

順著鬼老頭的目光，其餘人這時才注意到前方幾十公尺處，出現了個看起來極為不祥的河流斷層……

「瀑布！」葉離驚叫出聲。

于承均握著槳，左顧右盼企圖找個可以上岸的地方，但水流太急，而這一帶的河段周圍也沒有足以落腳的地方……

「還愣著做什麼！」鬼老頭喝道：「快抓緊趴下來！」

聞言，他們才回過神來，七手八腳地準備迎接即將到來的衝擊。

明明只有幾十公尺的距離，這短短幾秒鐘，對於船上四人卻是無比的煎熬。

金看著對面的于承均一臉緊張憂心的模樣，不由得心中一熱，大叫道：「均，你放心，我會保護大家的。」

「誰要你保護啊！」葉離怒道。

「均……」金像是豁出去般喊著，「雖然你已經知道了，但我怕以後沒機會說……我愛你！」

聽到金不合時宜的告白，震驚的只有鬼老頭。他猛地抬起頭，驚詫道：「小殭屍，原來你竟是斷袖之……哇！」

鬼老頭話沒說完，橡皮艇已經行至斷層處，直往下落。

「哇啊啊啊——————」鬼老頭、金和葉離的尖叫聲響徹雲霄。直到這時，他們才發現到這瀑布驚人的高度，但這個體會並不能帶來什麼幫助。

重力加速度的下墜使四人無法抓緊橡皮艇，裝備和人紛紛掉入瀑布下的深潭。

救生衣的浮力和水往下沖所掀起的水流讓他們不至於被捲入漩渦裡，奮力浮起後，于承均咳嗽著使勁往旁邊游，邊找尋著其他人的身影。很快的他就發現穿著醒目的橘色救生衣的三人已經浮起了，並順著激烈的水流持續往前。

葉離和鬼老頭緊閉著雙眼，沒有任何動作。于承均心叫糟糕，他們應是沖下來時撞到河底石頭，因而失去意識。

「奕慶！」于承均大聲呼喚著尚不明白狀況的金，「快救他們！」

說話的同時，于承均也往前游，忽地感覺左手臂關節處一陣劇痛。于承均咬牙，這種疼痛感他很熟悉，應該是他的老毛病——習慣性脫臼。

只剩一隻手游泳，難度上升不少，但于承均還是用脫臼的左手抓住了離他較近的鬼老頭，將他托上岸，而金在同時也已經趕上了葉離，正笨拙地往岸上游。

等鬼老頭上岸之後，于承均就往前游想去助金一臂之力，但河水流速太快，他一個不注意便撞上岸邊突出的岩石。

在失去意識前，于承均看到的是抓著葉離的金驚慌的表情……

于承均是被水流聲吵醒的。

他緩緩睜開眼睛，首先映入眼簾的是哭得一把鼻涕一把淚的金。

金見他恢復意識，用哽咽的聲音叫喊：「均醒了！」

于承均躺在燒得劈啪作響的火堆旁，感覺不到絲毫寒意。他瞧了瞧左手，微微舉起不覺疼痛，脫臼的部位已經接上了。

在火堆另一邊的鬼老頭和葉離跑來查看，臉上皆是欣慰的表情。

「你們……都沒事吧？」于承均嘶啞地問道。

「沒事。」鬼老頭坐下，「你昏睡了一下，應該不礙事。會不會頭痛想吐？」

于承均搖頭，掙扎著想起身，葉離趕緊攙扶他坐起。

左側額頭靠近髮際的地方忽然一陣刺痛，于承均伸手一摸，那裡貼了層東西。

「你額頭劃傷了，剛剛已經做了包紮。只是皮肉傷。」鬼老頭解釋道。

于承均點點頭，然後環顧四周。他們在離瀑布不遠的地方，這時細看才知道這瀑布如此壯觀，高度落差約莫二十公尺。瀑布周圍水霧繚繞，激流不斷從上方沖刷下來。容納大瀑布的岩洞也頗為遼闊，地下河的兩岸皆有寬廣的地面。

地面還算平坦，已不復見石筍或是石柱，不過岩洞頂依然布滿了巨大的鐘乳石，雖然離地面有些距離，但處在這種情況下還是讓人不由得屏住呼吸，深怕稍大的動靜就會讓那些看起來搖搖欲墜的鐘乳石斷裂。

「咱們還算幸運，丟掉的只有橡皮艇和一個背包。」鬼老頭邊烤著火取暖邊說道：「剛剛小殭屍已經將東西撿回來了。」

一說到金，葉離馬上轉頭瞪著他。金瑟縮了下，一臉委屈。

「你這個笨蛋！」葉離罵道：「你怎麼不先去救師父？難道你剛剛的話是說好玩的？」

于承均知道葉離指的是金在墜落前說的「我愛你」，忽覺尷尬起來，連忙開口阻止：「別說了，是我讓他去做的。」

金眨眨眼睛，濕潤的睫毛上下搧動，看起來很是無辜。

鬼老頭這時才忽然想起，一臉不懷好意地問道：「小殭屍，原來你也好這口？不過怎麼會看上我家這個笨徒弟？」

金像是沒聽到般低頭咬著粉色的嘴唇，躊躇了半晌才低聲道：「均，我很抱歉讓你受了傷，但……我不後悔。」

這一番話讓其他人都安靜下來。

葉離首先開口，語氣不善地說：「你這是什麼意思？」

金抬起頭，眼神堅定：「我不後悔在那緊要關頭時沒先去救均，因為我知道這是他所希望的。如果我們易地而處，均也會這麼做的，我只是……想要保護均重視的人。」

「你的想法太奇怪了！」葉離完全無法接受似的搖頭道：「要是師父有個三長兩短怎麼辦？你要一起去死嗎？」

「不，我不會。」

金的回答讓葉離張大了嘴。

「兩個人一起死有什麼意義呢？我會找到均的屍體，然後找個養屍地埋進去，讓他也變殭屍。」

四人之間陷入詭異的沉默。

金平靜地看著火光，殊不知其驚世駭俗的發言已成功懾住了所有人。

眾人皆心想：難道這就是一個世紀的思想差異？

于承均看著金。即使隔著些距離，他也能深刻感覺到此番話所蘊含的真摯。

「噗哈哈哈！你真有一套啊，小殭屍！」鬼老頭撫掌大笑，笑得前俯後仰。「這話你說得不害臊？敢情你們是要做一對殭屍夫妻？」

被鬼老頭這樣取笑，金這時才覺得臉頰發燙起來，瞥見于承均滿臉通紅、不知如何自處的模樣，他才意識到自己又魯莽地做出了讓于承均不舒服的舉動了。

金連忙裝成平時的三八樣，彷彿要應和鬼老頭說的話似的嬌嗔道：「就是啊……相公，奴家這番情深意重你可曾感覺到了？」

葉離雖然明白金不是開玩笑，心裡多少有些疙瘩，但也忍不住笑了出來，邊罵道：「阿金，你真是噁心！」

于承均乾咳兩聲，看了看延伸下去的河段，在大家的笑聲中說道：「現在沒了橡皮艇，我們只能步行前進了。」

鬼老頭笑得上氣不接下氣，好不容易停下，緩了緩氣：「我現在只擔心一件事。要是一直找不著這條河的出口，也不可能從瀑布爬回去，咱們的糧食可沒法撐這麼久。」

「我們有多少糧食？」葉離問道。

「罐頭還剩一天……」于承均翻找背包說道：「其餘是我之前做好的乾糧。這乾糧熱量高，應該可以撐個一個禮拜。」

葉離從自己的背包拿出個真空袋，指著裡面約莫數顆乒乓球大小、外表呈黃色的東西問道：「這是乾糧？好吃嗎？」

不待于承均回答，他便逕自拿了一顆出來咬了一口。

「好難吃！根本一點味道也沒有嘛！」葉離抱怨。

于承均面無表情說道：「那是捨棄了調味、只求便於攜帶保存和維繫生命的乾糧，用黃豆粉、糯米粉和高粱粉和在一起蒸熟再曬乾的東西，怎麼可能好吃？」

鬼老頭也厭惡地捻起一顆丸子道：「只希望在這東西吃完前能找到出口。」

于承均起身掬了點河水澆熄營火，用腳踩熄餘燼。「我們盡快出發吧。」

雖然河岸漸趨平緩，但還是相當濕滑難走，而面對著不知盡頭在哪裡的幽深地下洞穴，眾人的心情也越發低落。

于承均算了算，如果他的方向感正確，他們現在應該在吉林省境內的臨江或江源一帶，深入長白山脈地下約一千餘公尺。

吉林省也有幾處溶洞，要是能通到那些地方就再好不過了。但就一路上的觀察，這條地下河應該是獨立系統。若是河道方向沒改變，出口可能就會在北韓境內了……這是他最不樂見的情況。

他懊惱地想，要是自己再細心一點就好了。那個瀑布雖看起來艱險無比，但有適當的攀岩工具還是可以冒險一搏的，只怪自己太大意……

「別操心了，均。」不知何時，金和他並肩而行，一臉認真地看著他。「我猜你現在心裡一定在胡思亂想，你最會杞人憂天了。」

于承均不想承認，但金的確是一語中的。他微微撇過頭道：「這是瞻前顧後、未雨綢繆，既然已經沒有退路了，當然得開始設想前方有什麼未知的可能。」

「我聞得出來。」金胸有成竹地說：「空氣的味道漸漸變得不一樣，不像之前那段路般如此沉窒……前方一定有出口，而且就快到了。」

「不會是硝煙味吧？」于承均朝空中嗅了嗅狐疑道。在他的想像中，出口可能會圍著堆荷槍實彈的北韓軍隊……

「我倒是聞到硫磺味。」走在前方有些距離的葉離轉過頭，皺著鼻子道：「好臭，畢竟這裡是火山，難免會有怪味。」

最前方的鬼老頭大笑道：「硫磺?!那是老頭子我的屁味！」

葉離趕緊摀住鼻子大罵：「臭老頭，放屁不講一聲！」

「這不是說了?況且誰叫你們走得比我這腸胃不好的老頭子慢?」

原本拖著腳步的葉離火冒三丈地拔腿就跑，一下子就追過了鬼老頭。「我發誓再也不會跟你這老不休出來！」

「哈哈哈哈，你別吵著要跟來就好……」鬼老頭頓了一下，瞇起眼睛：「前面那是什麼？」

其他人往他所說的方向看去，也只看得到隱約的洞穴深處，但由於礦燈光線不足而顯得一片漆黑。鬼老頭年紀雖大，雙眼的銳利度可是毫不含糊。他突然瞪大了雙眼，不待眾人開口詢問，拔腿就直往前奔。

「師父！」于承均擔心鬼老頭一個人會誤觸陷阱，也連忙跟了上去。

手上提的礦燈漸漸地照亮前方。當前方橫亙在地下河上方的東西隱約浮現時，于承均才明白了為何鬼老頭反應如此劇烈。

地下河緩緩流著，隱沒在白色石砌的階梯下。總共三列往上的階梯，長約二十公尺，階梯與階梯間是雕刻精細的石柱，位列中央的階梯便有五、六公尺寬，被大片白石浮雕分成左右兩邊的通道。周遭岩洞被鑿平，鋪上青磚，還刷了層杏黃色包金土。

原本還算寬闊的地下河，在建築物的對比之下，看起來竟像小水溝般毫不起眼。

眾人皆無心探究地下河通往何處，也無法繼續追究，因為順著階梯看上去，一座巨大的建築物橫在河面上方，占據了岩洞裡所有空間。

白色的石砌階梯往旁邊延伸出去，包圍住了在朦朧水氣中也極為壯觀的大門。

他們調亮了手中燈光往上看，正面朱紅色的九根大柱頂起了建築物，上面是鋪滿了金色琉璃瓦的雙層屋簷，下方和階梯連在一塊兒的基座是用漢白玉砌成的，從地面到屋頂處少說也有二十公尺高。梁枋等構件皆覆上彩繪，看起來氣勢非凡。

岩洞頂的鐘乳石間鑲了大大小小的珠子，少說也有數百顆，在礦燈照射下閃爍著光芒。

眾人看得目瞪口呆，皆為這地底深處的世界所震懾。

霧氣繚繞中，鬼老頭嘆道：「在這長白山脈下、鳥不生蛋的破地方，竟然藏了個如此壯觀的地宮……咱們莫不是產生幻覺了吧？」

于承均走上前去。一站在階梯下，更能感覺到這棟建築物的宏偉。他摸了摸白色欄柱，還試著踏上一級階梯踩了踩……滿厚實的感覺。

鬼老頭喜形於色，顫抖著聲音道：「老頭子我淘了一輩子沙，第一次遇到這麼壯觀的東西，這門後面一定藏著滿人的寶藏！」

此時，率先行動的不是心繫財寶的鬼老頭，而是金。在于承均阻止之前，他便快步走了上去，像是著魔般緊盯著位在地底深處的城門。

泰山大人說得不錯，門後的確藏著東西……金突然有股急切的渴望，他知道那門後有著和他息息相關的祕密存在，讓他全身的寒毛都豎了起來。

他可以確信，羅教授要帶他來看的一定就是這個！

「小殭屍，你別走這麼快，那些財寶不會長腳跑掉的。」鬼老頭像是怕金捷足先登似地也衝了上去。

金三步併作兩步，一下子就來到緊閉的門前。不過他還算有些理智存在，並未貿然開門，而是等著其他人都上來。

在濕氣如此重的地方，本應色彩斑斕的雕欄畫棟褪色得相當嚴重。門前放著五個銅鼎，兩旁分列兩隻大銅獅，只是擺放極亂，一座銅獅還倒在地上，看起來極為荒涼。

啊，這果然是……金心裡感嘆著，忍不住伸手摸了摸銅獅的頭，憶起小時候第一次見到時，銅獅子還比他高呢，現在再看依然覺得這獅子威風凜凜，雖然明白這是不同的東西，還是冷不防地勾起他的回憶。

于承均則小心謹慎得多。他一路走上來觀察著幾不可辨識的痕跡，心想著要是能找到蛛絲馬跡，證明有人來過那是最好的了，否則在這種地方聳立著一道門，怎麼想都不像好事。

于承均顧慮極多，這扇門後不曉得是否藏著什麼陷阱，但他們勢必得通過這裡。從下面潛過去，誰知道盡頭在哪裡？要是氧氣耗光了還未能找到出口他們就危險了……

他權衡再三，決定問問鬼老頭的意見：「師父，咱們也有水肺，要不從下面潛過去？」

鬼老頭正研究著銅鼎，不耐煩地揮手道：「有大路可走誰還要潛水？你倒不如去想想怎麼把門推開，剛剛小殭屍也推不動。」

「要從下面潛進去不太可能。」遲未上來的葉離在下方大喊，「河道全被鐵柵欄擋住了！」

于承均暗啐了聲。下面不行，中間可能有危險，那麼上方……他退後幾步抬頭往上看，城門剛好嵌進了岩洞的空間，完全沒有空隙。

金兀自努力推門，但厚重的大門紋絲不動。他的傷口尚未癒合，使不太出力氣。

于承均走向朱紅的大門，摸上去就感覺到不對勁。他拿出小刀在門板上刮了層塗料下來，赫然發現這門竟是石製的。他曲起手指敲了敲側耳傾聽，這岩板應有數寸厚。

「奕慶，別再推了。」于承均連忙阻止金，看見他略為蒼白的臉時心口一陣揪痛。

「這門你推不動的，咱們得想其他法子開門才行。」

看了沒一分鐘，鬼老頭便放棄了銅鼎，問于承均：「你的火藥呢？沒受潮吧？」

于承均解下背包，從中拿出一包層層疊疊、裹得相當結實的雷管。

「火藥沒受潮……」于承均拿出一支雷管檢查。「不過在這地方炸門好嗎？」

鬼老頭一把搶過雷管，俐落地插上引信道：「擔心什麼？這麼大的建造工程都沒讓這裡塌了，還怕這點小炸藥？」

于承均端詳整個城門，石製的門板和城牆太厚，屋頂看起來像是整座門結構最薄弱的地方，應該可以從那下手……他拿了繩子繫在身上，沉穩迅速地爬了上去。

于承均踏在屋頂的琉璃瓦上，隨手扳了扳，瓦片也鋪得極牢固。他細看之後才發覺，屋頂部分和岩洞是連在一起的，縫隙中間還插了鐵，接得滴水不漏。他試著敲敲接合部分，聽不出來多厚，只能求屋頂和岩洞接著面積別太大。

于承均剪了條長引信和雷管接好，拿了膠布貼在屋頂上後便下來，讓其他人躲遠一點之後壓下開關。

「砰！」震波一下子炸了開，之後才聽到爆炸聲響起，接是煙塵及掉下來的碎石。碎石塊不斷掉落，連壁上的石磚也被震下。回聲在岩洞中迴盪，一下又一下地撞擊著，大塊的石頭崩落，讓四人抱頭鼠竄，不得不逃進他們欲炸毀的城門屋簷下。

「他娘的這裡最牢固的東西竟是這座門！」鬼老頭拍落身上碎石和灰塵罵道。

于承均忙著查看金的傷勢。

適才一塊拳頭大的落石不偏不倚砸在金的頭上，雖然金抱著頭淚眼汪汪直喊痛，但他的頭大概比石頭還硬，石頭都碎了，頭皮也沒擦破一塊。

雖然設想過炸門可能的風險，但于承均萬萬沒預料到，只是試驗用的火藥量也能引起如此巨大的連鎖反應。在他們目光所及，原本就褪色得相當厲害的岩壁彩繪，也無法抵擋爆炸威力開始崩落，大大小小的石塊滾落河裡，激起陣陣水花。

待崩塌告一段落後，他們才從遮蔽處走出來查看情況。爆炸震得遍地狼藉，壁磚、屋瓦紛紛掉在地上，原本還看得出些微圖樣的壁畫更是慘不忍睹。

于承均心道，雖然石灰岩溶洞本就脆弱，但微量火藥竟引起這麼大規模的崩落，想必建造這地方的人也在岩頂動過手腳。鐘乳石就是最好的天然陷阱，只要在根部鑿出些裂紋凹槽，稍大的震動就會引起坍方。

雖說岩石被震下不少，但屋頂除了琉璃瓦被炸得支離破碎之外，竟然只炸出個淺淺的洞。

于承均小心翼翼地爬上去看，原來剛炸掉的只是外層的石頭，裡面還有層鐵板。他帶來的火藥應該足以炸爛大門或是屋頂，但這種厚度所需要的火藥量太多，貿然炸門可能會再度觸發陷阱。

「火藥是萬萬不得再使用了，現下只能想辦法打開這扇門。」鬼老頭沉吟道：「這門要好幾頭大象才開得了，大家分頭看看，這附近一定藏著鑰匙或什麼其他法子。」

他們分頭研究銅鼎和壁上的彩繪想找出辦法，過了數小時後，才終於明白這樣做是徒勞，根本找不到任何足以成為線索的隻字片語，更別提鑰匙了，整扇門光滑到幾乎可當鏡子，哪來的鑰匙孔？

葉離忿忿地踢了銅鼎一腳，除了引起沉重的撞擊聲及腳痛之外，沒有任何反應。

「我們真要困死在這地方了嗎？」葉離沮喪問道。

于承均搖頭，「要是真打不開門，我們也可以冒著坍塌的風險將下面擋住水道的鐵柵欄給炸了，只是那下方不曉得多長，只怕水肺無法支撐這麼久。另一個方法，就是在這等羅教授回頭，不過我想這裡應該另有出口，我們經過的河道部分根本是條只能進而不能出的路。」

金興沖沖地從下方跑了上來，雙頰微微泛紅地道：「水裡有魚！若是真一輩子出不去至少也不會餓死……」

他的發現無法讓眾人振奮起來。于承均向金搖了搖頭，勸他不要在葉離和鬼老頭怒氣沸騰時說出這種讓人心情更低落的話。

他們幾乎把每一片磚瓦都掀過了，還是毫無斬獲，連一直默默尋找的于承均和陪在他身邊的金，在經過長時間的搜索後也感到疲累。

鬼老頭在一旁升起火，已經做好長期抗戰的準備，四人圍坐火堆旁卻是相對無語。

Zombie's Love is 100% pure

第十六章

短暫休息過後，于承均和金順著河流往回走，試著從瀑布旁爬上去，但幾乎垂直地面且濕滑得無法著力的岩壁是最大的障礙。

于承均也想過可以在壁上鑿幾個洞，邊鑿邊攀上去，但他們沒有攀岩工具，如此做相當危險。瀑布的落差幾乎有二十米，要是爬到頂時失足，可無法像之前一樣好運地掉在水潭裡。

雖然從瀑布這條並不是完全沒希望，但于承均猜想依鬼老頭的個性一定會等到山窮水盡之後才考慮撤退。

走回營地途中，于承均不斷思考著該如何勸鬼老頭放棄前進。金倒是挺滿足現在的情況，對他來說，在河邊生火煮罐頭或是烤魚，這種感覺就像是全家人一起去露營似的……

「均，你看，還有星星耶。」金興奮地指著岩洞頂道。

「我知道。」于承均頭也沒抬道。

由於鐘乳石紛紛斷裂墜落地面，讓鑲在岩洞頂、原本不甚顯眼的珠子露了出來，在火光照耀之下，正反射著微弱的光芒。這才看出來珠子的鑲嵌和大小都是比照著實際星星的亮度，亮度越高的星，代表的珠子就越大顆。

于承均心想，雖然距離太遠拿不到，但那些珠子應該挺值錢的，可惜鐘乳石崩落時沒順便掉下幾顆。

金不曉得于承均正盤算著那些「星星」的價值，自顧自地說：「這做得真仔細，都可以當成星座盤了。那是『帝』、那是『太子』……」

于承均見金興致勃勃的樣子，也不禁微微一笑，此時還能無憂無慮的人應該就只有金了，雖然可能是因為他不清楚目前處境有多糟糕，但看見金興奮得像個第一次去遠足的小鬼，于承均也能暫時忘卻惱人的問題。

「現在一般的說法不太一樣了。」于承均瞇著眼睛觀察，道：「你說的『帝』是小熊座β，而『太子』……應該是小熊座γ。」

「喔，那是西方人的說法吧？」金抬頭望著岩壁，沒注意到地面的崎嶇，腳下絆了一下。

于承均眼明手快，一手攙住了金。

金嘴上沒停，繼續說道：「這假天空畫的是三垣之一『紫微垣』，一般認為紫微垣是天帝居住的地方，紫禁城也是因此取名。」

「看來你也不是光看小說，該學的還是學了。」于承均調侃似地道。

金挺起胸膛驕傲地說：「我可也是在紫禁城裡住過一段時間的，而且老爹是皇帝，我總不能連這些東西都不知道。」

「你懂得比我多太多了。」于承均笑意盎然地說：「我只認得小熊座、大熊座和天后座等可以找到北極星的星座，對於野外求生時很方便。」

于承均看著天花板，忽地皺了皺眉道：「怎麼少了一顆星？難道是剛剛坍塌時掉下來了？」

話一說完，他便低頭開始在地上尋找，連金也一起幫忙。看了半晌後，于承均嘆道：「應該是掉進水裡了。可惜，那顆珠子應該挺大的……」

「均，你說的是哪顆星？」金東張西望道。

于承均站起身，拍了拍褲子道：「小熊座α……就是北極星。」

「北極星……」金往上方看，驚訝道：「沒錯，『勾陳一』不見了。」

于承均一一指出星星的位置道：「它應該和那邊的『帝』和『太子』以及另外四顆星連成一個勺子型，那就是小熊座，也稱之小北斗。古代有北斗七星，不過應該沒有所謂的小北斗。」

「唔，我的確是一次聽說……」

「要是能將那顆北極星撿回來，想必師父一定高興得很。」于承均略微惋惜地道。

兩人說著說著也回到營地了。鬼老頭遠遠的就聽到他們談話，靠在傾倒的石獅子上有氣無力地說：「兩個毛頭講什麼撿星星的……以為演偶像劇？還是你們已經進展到『我可以為你摘月亮』那種階段？」

「少老土了，現在人才不會說這種過氣的話。」葉離插嘴道：「不過阿金是一百年前的人，可能以為這種臺詞還有效吧。」

于承均苦笑著向鬼老頭解釋他們的發現。

「什麼？我倒是沒注意到上頭還有東西！」鬼老頭跳了起來，步出陰影遮蔽處。他看了會兒，轉頭對于承均道：「好徒兒，不如咱們拿剩下的火藥將那些珠子全炸下來？」

于承均正準備將背包放下，一聽鬼老頭這樣說，立即背回身上。

「開個玩笑罷了，這麼認真做什麼？」鬼老頭咕噥著，然後一臉惋惜的說：「要是能打下幾顆也不錯，咱們去找找看有沒有和石頭一起掉下來的好了……」

鬼老頭命令于承均爬上城門，看看是否能敲下幾顆珠子。金也笨拙地爬了上去幫忙，但星圖位置距離城門有些距離，兩人也只能望星興嘆。

于承均正要金下去時，金卻一屁股坐在琉璃瓦上，嘆道：「這門……小時候我只能遠遠地看，出宮之後更是沒機會踏進城裡一步。而現在，我竟然踩在太和門的屋頂上……」

「……太和門？什麼太和門？」

金轉過頭，一臉奇怪地說：「就是紫禁城的太和門啊。」

「紫禁城的太和門？」于承均的疑惑更深了。

金微微頷首：「雖然只能看到正面半部，不過這個門的規格和樣子跟太和門一模一樣，只差門上沒掛匾額。」

太和門為天子五門之一，也是進入北京故宮的天安門、端門、午門後的第四道門。進入太和門後就是紫禁城的主殿太和殿。

于承均站在屋頂俯瞰，心裡著實驚訝，適才看到這道門時他只覺得眼熟，萬萬沒想到，地底深處會有個和紫禁城一模一樣的門。

在地面的鬼老頭和葉離也聽到了，連忙點起礦燈調到最亮，想要看看是否真如金所說的那樣。

葉離看了半天，語帶保留道：「關於這太和門，我也不確定它長什麼樣子，不過這門看起來，的確很像皇宮才會出現的東西。」

鬼老頭嘖嘖道：「大費周章蓋了這麼個玩意兒……那麼，門後一定就是放著滿清寶藏的金鑾大殿……」

金在于承均的幫助下，慢慢攀下紅色的柱子。他站在火堆前，看著火光映照在褪色的橫梁上，道：「細部地方我不清楚，因為我無法靠近，只從遠方看過……但這的確是我記憶中的太和門。」

于承均心中琢磨著，建造這裡的人到底是何居心？若是為了儲放寶物而蓋了個地下皇宮，聽起來也太不合理。

由前面的壁畫到現在的仿造皇宮而建的城門，倒像是因為當不成皇帝所以死後建了個這樣的地方過過當皇帝的乾癮，只可惜最關鍵的壁畫已被挖掉，否則應該可以從中獲取詳細情報。

待于承均回過神，只見鬼老頭指揮著其餘兩人，正努力推著一只銅鼎。

「你們在做什麼？」

葉離臉紅脖子粗地推著，邊氣喘吁吁道：「阿金說銅獅與銅鼎的位置都錯了，所以……」

見葉離沒有餘力說話，鬼老頭接著道：「我覺得這應該是開門的關鍵，咱們要是將這些東西移至原位，說不定門就會開了。」

雖然于承均偶爾也會為了讓老人家順心而做些白費力氣的事，不過想要將這些東倒西歪的笨重銅鼎、銅獅移回原位，應是相當浩大的工程。

他皺了皺眉，忽視鬼老頭叫他幫忙的命令，道：「若真是這樣才能開門，應該要移到和原來的位置分毫不差……」

他在金身旁蹲下指著地面道：「何況這銅鼎稍一移動就在地磚表面留下相當深的痕跡，所以我想……」

「死馬當活馬醫，興許開門不只一個法子。」鬼老頭一臉無所謂道：「反正不是我出力，讓年輕人鍛鍊一下也好……」

葉離氣得破口大罵，一老一小開始每天例行的拌嘴。

忽地一個想法閃過，于承均猛然察覺到事有蹊蹺。

這些銅鼎銅獅不可能自己移位，一定是當初建造的人擺放的。那麼，這種擺放法是為什麼？

他看了看兩隻銅獅和四只銅鼎的位置，發現分列大門兩旁的銅獅位置還算端正，而兩隻銅獅的前方各有一座銅鼎，其餘兩只銅鼎卻都同在大門的右側……

于承均拿出紙筆，以地磚為單位，仔細畫出銅鼎銅獅的排列。

還沒畫完最後一只銅鼎，于承均就發現其中暗藏的玄機了。

「……這是?!」他不禁叫出聲。

銅獅與銅鼎，在紙上排列成個勺子形。

「這是北斗七星？」聽到于承均似乎有所發現，三人爭先恐後地湊上來看。葉離站得近，第一個提出。

于承均拿著筆在空中比劃道：「不，若將勺子擺正來看，北斗七星的勺柄是下垂的。而這個勺子的柄是朝上的，應該是小熊座，不過……」

「少了一顆……北極星！」金鷲詫道。

四人不約而同抬頭往同一方向看去。

——岩洞頂的星圖，正是少了顆最明亮的北極星。

于承均從地上彈起，一個箭步衝到了其中一座銅鼎前。這個銅鼎對應的星位為小熊座δ，那麼北極星是……

他望向應該是北極星的大概位置，那裡空無一物。于承均蹲下，仔細敲著附近地磚，終於，一塊地磚發出了乒乒的空心聲音。

這塊地磚看起來和旁邊無異，非要趴下看才能看得出有些破損。估計是掀起來後又嵌了回去，周圍還塗上層泥灰，完全掩蓋住痕跡。

他掏出瑞士刀，插入地磚周圍的混凝土裡，豈知這一插就如切豆腐一樣，輕易地整把就沒入地面。于承均順著地磚挖掏，而金在一旁幫忙清理小碎塊。待感覺到地磚鬆動，他將刀子斜斜插入地磚下，用力一掀。

石磚被翻了起來，下方是個深約二十公分的方形洞，一顆約拳頭大小的圓形和闐玉放置在中央，色澤溫潤細膩，隱隱透著光華。

金看著那塊石頭，喃喃說道：「這顆……就是真正的北極星。」

于承均輕輕觸了下石頭，轉頭對鬼老頭道：「似乎是黏死了。」

「這種機關不是往下壓就是往上拉，你搔它癢有屁用？」鬼老頭擠開于承均，學他趴在地上，邊觀察石頭邊碎念：「務必要注意別弄錯了，否則可能會觸動機關……」

鬼老頭伸手到玉石底下摸了摸，當機立斷地雙手抓住往上拉。

和闐玉一下子就被拔起，大概是沒料到這麼輕鬆，鬼老頭猝不及防地摔了一跤，手中還死死抓著石頭。球狀的石頭下方連著一體成型的石柱，待被拔出後，他們的腳下隨即傳來聲響。

地面微微震動，地底的齒輪開始轉動，發出轟隆轟隆的機械運作聲音。于承均與金走至門前，屏息以待。

朱紅色的門扉緩緩地向內打開，漆黑一片的門縫內颳出陰風，連營火都被吹熄，潮濕腐臭的空氣撲鼻而來。當門的開啟停下時，機關聲也戛然而止。

在礦燈照明的有限範圍內，門的那端是條不見盡頭的甬道。和太和門同寬的通道鑿得方正平直，牆壁細心地打磨過，地上還鋪了青石磚。通道兩旁每隔幾尺便設了盞半人高的石燈籠，數不清的石燈籠筆直地排列著、直延伸到黑暗中。

「嘖，本以為這門後就是寶庫了，看來還得再走下去不可。至少這條路寬敞氣派，看起來不像是黃泉路吧？」鬼老頭瞄了瞄葉離，見他害怕的模樣，便忍不主推搡著他道：「小徒孫，你先走。這麼沒膽以後怎麼繼承家族事業？」

「我不要！」葉離的臉色蒼白，但語氣相當堅定。「我也老實說了，班上辦的試膽或夜遊我一次也沒參加過，就算被稱為膽小鬼我也不在乎，總比看到不該看的東西時才嚇得屁滾尿流好。」

于承均撿了幾顆稍大的石塊往通道裡丟，藉以測試地底下是否藏著重量觸動的機關。見石頭滾了幾滾後停下，通道依舊靜悄悄的，他才阻止了吵得不可開交的鬼老頭和葉離，道：「我領頭，師父您押隊。」

于承均提著燈率先跨過門，穿著登山靴的腳沉穩踏上青石磚地，在黑暗的甬道中引起陣陣迴響。他吩咐其他人先待著，試著走了幾步，每塊地磚都踏了踏，在四周石壁上摸了個遍，確認沒有機關後才回頭頷首示意。

大概是因為水流及大門開啟過，甬道裡的空氣雖然有點腐敗潮濕的氣味，但呼吸無礙。

于承均放輕腳步環視四周，拿出相機仔細拍下了相片。

這是他的習慣，每到個地方都會將細節鉅細靡遺地拍下來，便於日後調查。進入水洞後，一路上他已經拍了不下數百張照片，包括鬼老頭塞進背包裡的那顆開門石——老頭子甚至清空了背包，放棄求生裝備，也要帶走那顆不知真否值錢的石頭。

他調整了下光圈和焦距，正想對著石燈籠按下快門時，猛然一聲「啪」從石燈籠傳出，然後火光一閃，中央的油盞便燃起了。

還不只是這一盞，甬道裡的兩排石燈籠也同時亮起，數百盞微弱的燈火雖然不甚亮，但也足以讓人數清腳下的石磚。這景象看起來就像是黑夜中的機場跑道，兩旁亮著燈確保飛機可以安全降落，這條路卻可能帶著他們走向無底深淵。

石燈籠無故點燃的同時，金和葉離正小心翼翼地踏進來，突如其來的變故讓兩人嚇破了膽，爭先恐後地轉身就跑。

于承均也退後幾步，倒不是因為害怕，這種情況想必是觸動了什麼機關。

他彎下腰仔細探查自己剛踩過的地方，以及被他碰過的石燈籠，卻皆沒發現異狀。燈的上下方都沒看見機關或是點火裝置，油盞裡放的似乎是某種動物油脂，相當易燃……

于承均思忖著，一般盜墓時常會遇見不點自燃的情況，這跟鬼魂作祟一點關係也沒有，而是進入墓穴時人體所帶的靜電與空氣摩擦引起火花。不過這地方潮濕得連營火都很難升起，又怎麼可能產生靜電……

鬼老頭大步跨進門內，腳步毫不停歇。「管它是用妖法還是機關點燈，關我啥事？

兩個小毛頭趕緊跟上，否則就要丟下你們了。」

于承均關了礦燈，邊走邊拿出手槍並將子彈上膛，然後插在腰間。

「我可以也拿一把嗎？」葉離望著槍吞了吞口水。只要是男人，沒人能不對武器起興趣的。「如果讓我拿槍，我至少沒那麼害怕，若是有狀況發生，人多也好應變……」

「小葉子，未成年持有槍枝是違反法律的。」金一本正經道：「要拿也應該是我拿，憑著我近兩個月來打CS訓練出來的過人反應和精準槍法……」

「本國法律根本不允許擁有槍械！」葉離一臉鄙棄，「阿金你竟然耍陰的……」

于承均擔心橫衝直撞的鬼老頭可能會引起不必要的麻煩……或者應該說鬼老頭本身就是個麻煩，因此他堅持等葉離和金都進來後才出發，現在有兩個需要保護的小孩子在，老頭子應該會收斂一點。

果真，鬼老頭雖然不甘願，但還是安分走在隊伍最後。

燈光搖曳，映照著四人以及無數石燈籠的影子，影影綽綽的讓人覺得似乎有什麼隱藏在黑暗當中。

空氣潮濕濃稠，幾乎已經停止流動，還有股陳年腐敗的氣味，時間彷彿已經沉澱在這地下深處，和著燃燒動物脂肪的難聞氣味，沉重得難以呼吸。

這地方相當寬敞，往頭頂望去，由於燈光微弱，甚至看不到天花板。于承均暗自咋舌，開鑿了這麼大的空間，竟然沒有一根柱子或橫梁支撐。他們位在長白山地下深處，上方就是龐大的山體，聽起來實在不太保險。

不過于承均也發現了，過了門後，岩洞的結構似乎不同了。適才尋找機關時，兩邊的岩壁摸起來堅實許多，他猜這裡應該是建造在礦脈中，雖然不清楚礦種，但大概建造這裡的工匠必定是經過探勘研究，才能確保洞穴不會坍塌。

他們雜沓的腳步聲在偌大的空間迴響著，聽起來就像是有無數的人在後面跟著似的，讓人不自覺地加快腳步。

于承均長呼了口氣，緩下腳步，連不信邪的他走在這地方都覺得背上直冒冷汗。一路上他表現得相當冷靜，只是為了不讓其他人產生恐慌。

金和葉離看到自己的影子都一驚一乍的，鬼老頭是根本不顧規則亂來一通，要是連他都不能催眠自己保持冷靜，今天恐怕是出不去了。

這地方的確透著邪門詭異，比他至今盜過的墓還尤更勝，至少過去的目標相當明確，而這裡，連是地宮還是人家的地下倉庫都不得而知。

由種種跡象看來，如果是滿清龍脈所在之處的可能性很大，但于承均直覺地認為這地方並不是所謂的藏寶之處。

于承均反覆思量，但連日來的疲累和心裡的緊張讓他決定作罷。他一抬頭，便瞧見遠方連成一線的燈火出現了處斷層。

那是一座傾頹的石燈籠，上半部像是被攔腰折斷般空蕩蕩的。一路上或多或少都發現了破碎的石燈籠，大多是因為被子彈射中，只不過碎片都清得相當乾淨，更別說是彈殼了。于承均猜測，在這裡開槍的其中一方應該和溶洞發現的那些屍體是同一夥人。鬼老頭當然也注意到了，只不過兩人有志一同地選擇緘口不言。

從殘破的石燈籠判斷，當時雙方的廝殺一定相當激烈，但這和之前在溶洞裡發現的屍體一樣微不足道，追究下去只會拖累進度。

然而葉離和金倒是興致勃勃地開始研究起石燈籠，于承均知道他們得藉著做些其他事以分散注意力，因此並未阻止。

「我想了又想，這石頭裡一定藏著打火石之類的觸動機關。」金蹲在石燈籠旁胸有成竹地說：「子不語怪力亂神，一切一定都可以用科學解釋。」

「難得我們意見一致。」葉離同樣蹲在旁邊，仔細觀察著石燈籠斷裂面的痕跡。

「我也想找出這到底怎麼弄的。過一陣子就是校慶，班上已經決定要辦鬼屋了，要是會這一招，八成可以製造不少噱頭。」

石燈籠幾乎是實心的，只留了中間一條直徑不到一元硬幣大的中空部分。葉離拿著手電筒往小洞裡照了半天看不出所以然，只發現洞裡有條粗棉線，看來是和其他石燈籠的燈芯是同樣材質。

葉離看了看其他石燈籠，發現燈芯並不是放在油盞裡的，而是從與石燈籠焊在一起的金屬油盞底部伸出來的。葉離認定，不點自燃的把戲一定跟這有關。

他掏了半天也沒辦法拉出那條燈芯，便對金道：「阿金，我瞧這石頭裡面怪怪的，你有辦法拔起來嗎？」

金點了點頭，站起身、彎腰、伸手抱住石燈籠拔起，所有動作一氣呵成卻又不失流暢優雅。

葉離搖搖頭，瞪了金一眼：「這東西直徑也有碗口粗耶……」

金放下石燈籠一臉無辜地說：「石燈籠底部都裂開了，只要搬起來就行了，我相信就算是小葉子你這樣的弱雞也能搬起來……」

「算了算了！我跟你話不投機！」

搬開斷裂的石燈籠後，只剩一點根部連在地上，露出一大截棉線。棉線似乎浸過脂蠟，堅硬且脆，輕輕一拉，黃白色的蠟就碎了，摸起來油膩膩的。葉離試著去扯棉線，但線似乎是從比石燈籠與地面連接位置還要更深的地下伸出的。

葉離閉上隻眼睛往小洞裡看，然後拿了條細繩子綁上小石頭慢慢探進洞裡，待感覺碰到東西時，再將繩子拉出來。

他比了比拉出的繩子長度，驚道：「這下面至少還有一尺深耶，總不可能是石燈籠的地基吧?!」

金和葉離拿出十字鍬和鏟子，開始努力敲挖。

鬼老頭坐在稍遠的地方休息，看著兩人忙得不亦樂乎，再看看于承均，忍不住說道：「這兩個小毛頭體力還真好，走沒一會兒就喊腿痠，但做起這種無謂的事情來倒是很有幹勁。倒是你，年紀只比他們大幾歲，怎麼就像個老頭子……」

「……」

「承均啊……」鬼老頭欲言又止。

看鬼老頭結結巴巴的樣子，于承均奇怪問道：「怎麼了?要借錢恕我做不到。」

「誰跟你這隻鐵公雞借錢?」鬼老頭沒好氣道：「我這裡錢多的是，你的錢就自己留著，以後討老婆用。」

「……您老身體不舒服?」于承均狐疑道。

鬼老頭心中暗罵，這傢伙真是一點也不會看臉色，這時候就應當是溫情時間，怎麼連這也看不出來……

「雖然我不想承認你這個性也是跟著我練出來的，不過我還是把你當兒子看待。」

于承均這時才恍然大悟，鬼老頭大概是自知年紀大、想交代遺言了，於是便正襟危坐嚴肅道：「我聽著呢。」

鬼老頭清清嗓子，沉聲道：「咱們幹完這一票後，收手吧。」

「……咦？」

燈火閃爍，在鬼老頭滿是皺紋的臉上留下深刻的影子。他的表情難得認真，「我一直很後悔讓你跟著我過這種生活，要是能做點普通的工作，想來比較適合你。」

于承均沉默。這件事並不是沒考慮過，他曾有過選擇的機會，只是他也無法保證，當初要是選擇不一樣的生活，是否更適合他。

「這件事我想很久了。咱們盜人家祖墳這種缺德事還是少做，我想可能就是因為做太多虧心事，所以我和你師娘才一直沒能生個孩子。我一直將你視如己出，為了你好，還是得讓你知道，我不要求你繼續幹這行，反倒是希望你去做點其他事……」

大概是想不到合適的措詞，鬼老頭反常地拖泥帶水。「你也應該金盆洗手，去討個媳婦，要是繼續幹這個，哪個女人敢嫁進來？」

于承均嘆了口氣。「師父，您放心，我也正有此意。現在盜墓業前景堪慮，現代人會採取土葬方式的越來越少了，也沒這麼多古墓可找。我打算另尋出路，好不容易金融海嘯過去了，景氣復甦，找工作滿容易的。」

「你還真是現實……」鬼老頭嘟囔道。

「至於娶老婆的事先暫緩，我想等安定下來後再考慮……」

鬼老頭的雙眼骨碌碌地轉了兩下，偷瞄了下正專心挖著地的金，小聲問道：「你不娶老婆是因為……那個嗎？斷袖之癖？我還以為是小殭屍單戀，沒想到是兩情相悅……這樣的話，要你娶老婆的確太難為你了。」

于承均有些緊張地看向鬼老頭，深怕在老人家臉上看到一絲一毫不對勁的表情。不過鬼老頭並未如他所想像，出現任何厭惡的表情。

于承均深呼吸，腦中已經千思百轉。

「……師父。」于承均輕聲地說：「假設……我真喜歡男人，您不覺得怎樣嗎？」

鬼老頭疑惑問道：「啥怎樣？不就喜歡男人那樣？」

「我的意思是，您不反對？畢竟還是有很多人無法接受，在宗教或社會觀感、甚或道德倫理上都存在許多爭議……」

將一直埋藏在心裡的不安說出口，于承均些微顫抖、懼怕著。

鬼老頭呵呵笑道：「你的青春期似乎來得有點遲。我問你，你有因為你是同性戀而要和你斷絕關係的家人嗎？」

于承均抬起頭望著他。

「還是你有因為是同性戀而遭到歧視的工作嗎？」

于承均一時反應不過來，反覆思索著鬼老頭的話。

「這樣你明白了吧？你沒有不能理解你的家人和工作，還擔心喜歡男人會失去什麼？你太小家子氣啦，想做什麼就做什麼，討老婆不一定要女人，生孩子也不一定要自己生，工作嘛……機會這麼多，還怕找不到？所以說，不需要顧慮別人，自己開心就成。」

被鬼老頭這麼一說，于承均突然覺得自己根本杞人憂天、庸人自擾了……

「可是奕慶他根本不是人！」

于承均還試圖「力挽狂瀾」。他不明白自己這麼做的用意，可能只是想為自己多日來的憂慮找到點意義，也或許只是希望能從鬼老頭那裡得到肯定……

「我不知道他是否會突然變回一具乾屍，到時該怎麼辦？」

鬼老頭蹙起眉頭，摸著下巴道：「不是人啊……這倒是個問題，不過至少他現在看起來很正常。」

于承均正欲回話，一轉頭，眼前景象卻讓他的話卡在喉嚨裡，一個字也吐不出來。

在這廣大未知的地方，他們所仰賴前進的石燈籠燭火構成的兩排光線，正迅速地縮短中。

燈火從他們來的方向一盞盞熄滅，一縷細煙飄向空中緩緩散去，伴隨燈光消失之後的黑暗如同有了生命一般，鋪天蓋地直朝他們撲來。

「他娘的……」鬼老頭也看到了，神色大變，「分明是要讓咱們只能進不能出！」

葉離和金兩人挖得正興起，對於背後情況渾然不覺。

「有了！」葉離驚喜道。

他將鏟子往旁邊一扔，開始徒手清理碎石。剩下的石燈籠根部已被他們敲開，順著燈芯伸出的小洞、鋪著石磚的地面也往下挖了個大洞。

「機關果然在地下！」

金也相當興奮，發揮蠻力很快地就讓地下機關現形。

順著發黃的棉線往下探，埋在地底下的是一團棉布包裹起來的長形物體，他們挖的直徑約四十公分的洞只能看到機關的局部，看不清楚實際大小。

「靠，這點火裝置也太大了吧！」葉離不太滿意地抱怨，「教室裡多擺上幾個就滿了。」

金拿出刀子小心地割開黑灰色發硬的棉布，布帛十分脆弱，稍用點力就碎裂。金撢開碎布，看到其下的機關時，頓時覺得自己停了一百年的心臟幾乎要從胸腔跳出來了。

布團裡並不是他們預期的機括或齒輪，而是一張腐爛猙獰的人臉。

「哇啊啊啊啊啊——」

葉離和金異口同聲發出淒厲的叫喊。

兩人幾乎是連滾帶爬地逃開，衝到于承均身旁後連頭也不敢回，顫巍巍地指著後方，連個字也說不出來。

鬼老頭和于承均走近他們挖出的大坑，看到其中的屍體時也吃了一驚，誰也沒料到棉線的終點竟然會找到一具屍體。

屍體的位置就在石燈籠正下方約一尺深的地下，從他們挖出的有限範圍內可以見到屍體的頭胸部。

屍體頭戴鏽蝕得相當嚴重的尖頂頭盔，頭盔綁著的紅穗經過長久歲月早已裂解，頭盔下緣延伸出來的橘黃色厚實布料圍住脖子，身著鑲滿鋼釘的橘黃色衣服，立領盤釦。

鬼老頭捏著鼻子含糊不清道：「這是八旗軍出征的打扮！看樣子這傢伙官階挺高，還是正黃旗的，至少是個參領或都衛。」

于承均對屍體的來歷毫無興趣，因為他第一眼便瞧見屍體皮膚表層覆了層黃色物體，接著一股反胃感湧上。

這白白黃黃的東西是屍蠟，當屍體被埋在潮濕的地方時，身體裡的脂肪分解和土裡含的鈣、鎂作用，在皮膚表面形成屍蠟。屍蠟形成後有助於減緩屍體腐敗，不少已出土的古屍都是靠屍蠟得以保存至今。

看過不少屍體的于承均當然明白屍蠟來由，但令他感到吃驚且噁心的是，那些屍蠟應該就是油盞裡放著的「不明動物」的油脂成分。

這時再看當作燈芯的長棉線，泛黃油膩的樣子應該是因為被屍蠟浸透了。

于承均頓時覺得空氣中瀰漫著燃燒脂肪的惡臭味。

這裡無數盞的燈火，正燃燒著人類脂肪。

于承均不敢想像也不想探究其他石燈籠下是否也埋著同樣的東西，只能在心裡暗罵自己多事，為何連一路上有幾座石燈籠都清楚地記錄下來……

鬼老頭倒是鎮定許多，經驗豐富的他還看過更噁心的屍體。他邊檢查著屍體狀態邊開玩笑道：「除了人肉叉燒包、人皮燈籠外，現在竟然還有『人油蠟燭』。看來這個臭皮囊可以利用的部分還真廣泛……」

聽到鬼老頭的笑話，葉離顫抖著舉起自己的手。在微弱燈火中，右手掌還殘留著黃白色的屍蠟碎塊和油膩感。

葉離忍住作嘔感，將手拚命往地上蹭，想擦掉那些東西。蹭了半晌，他動作突然一滯，喉頭發出一聲「咕嘟」，終於忍不住彎腰開始嘔吐。

金蒼白著臉，強作鎮定道：「小葉子，你要吐也靠旁邊些，要不然都吐在那些屍體上了……」

此時于承均才跟他們說了燭火自動熄滅的事，不過葉離和金也無心再尋找石燈籠下是否藏著機關。看了如此噁心的景象後，突如其來的黑暗似乎沒那麼令人恐懼了。

葉離望著後方那片將一切融入的漆黑，覺得回頭也比在人油蠟燭的指引下繼續往前好。

鬼老頭從水壺倒了些水洗手，再遞給葉離漱漱口。

「其他石燈籠應該不用挖開來看了，多半都是一樣的東西。不過看了那個八旗軍，我幾乎能肯定這裡一定是滿清在關外的藏寶處，那些被埋起來的死人估計是守護財寶的。你們兩個小毛頭也不用太害怕，就當是活人兵馬俑好了，反正以前也是這樣做的。」

金吐吐舌頭，做了個噁心的表情。

Zombie's Love is 100% pure

第十七章

眾人背起行囊繼續前進，石燈籠也照著固定速率，一盞盞熄滅。但在看過那具埋在石燈籠下的屍體後，這算不上什麼了。

當石燈籠的燈光不足以看清腳下時，他們便點起礦燈。不過這裡的黑暗極其詭異，就像是被黑色的霧籠罩一般，能見度幾乎為零，就連穿透力極強的LED礦燈也發揮不了作用，因此前進速度一直無法加快。

所幸這條路並不長，走了約半小時後，便見到不一樣的景象。

于承均吩咐其他人也打開礦燈，將亮度調至最大。

在四盞礦燈的照射下，他們才發現原來已經走到甬道的盡頭了。盡頭是一列往上的階梯，通往一座約莫五公尺高的大石臺，隱約看得出來上方擺放著物體。

鬼老頭難掩激動，興奮之情溢於言表：「找到了！咱們終於找著滿清的寶藏啦！」

于承均趕緊讓金和葉離抓住不顧一切就要衝上去的鬼老頭，自己提著礦燈仔細查看前方階梯上是否有不明的隙縫或突起。雖然他沒尋過寶，但電影看了不少，放著寶物的地方陷阱八成最多。

于承均慢慢踏上階梯，一階階試探，沒漏掉任何一寸地磚。不過數公尺的階梯，他們走了近十分鐘。

石臺左右各有盞燈臺，于承均先確認了燈臺裡用的不是屍蠟才敢點火。說也奇怪，燈臺點起的火看似微弱，效果卻比礦燈來得好。兩簇火苗微微晃動，驅散了環繞著石臺的濃霧。

方形石臺比起寬敞的甬道，面積並不算大，邊長約五公尺，只放了幾只黑色大木箱，看起來沉甸甸的。

鬼老頭掙脫了葉離和金的禁錮，三步併作兩步跑上石臺，一下子就打開箱蓋。箱子裡擺著的並不是鬼老頭所想像的金元寶，而是一卷卷竹簡。鬼老頭不死心，打開另一個箱子，裡面也是竹簡。

「……咦？」于承均走近後，發現那些竹簡並不是尋常物。

用堅韌的線綁起的竹簡，當中一片片的不是竹子，而是翠綠光滑的玉。

他小心地拿起其中一捲玉簡掂掂重量。這玉質地清透，刻工也十分細膩，上下皆刻有祥雲花紋，光以藝術品來說都挺有價值。

于承均攤開玉簡，只見薄薄的玉片上刻了滿了字。玉片約兩公釐厚，但其上的文字卻字字清晰端整。能夠在薄得幾乎一捏就碎的玉片上刻字，需要極精細高超的手藝。

不過最關鍵的玉簡上的文字，他卻是一個也看不懂，看這樣子應該是滿文或蒙古文，而以地點判斷的話……

「這是滿文？」

于承均將玉簡遞至金面前。金瞇起眼睛湊近看，遲疑地說：「唔……沒錯。」

「然後呢？上面寫了些什麼？」

金尷尬地乾笑兩聲：「我是學過滿文啦，不過幾乎沒用，都生疏了……」

看金的臉，于承均知道絕對不只是「生疏」，只能溫聲安慰：「沒關係，想不起來也無所謂，反正帶出去後再請人解讀也行。」

金的臉幾乎都要靠在玉簡上了，邊試著解讀邊碎念道：「huu……咦？還是wali？唉，當初學滿文時，老爹特定請了個研究滿文的英國語言學家教我，還是用穆麟德轉寫[3]倒回去學的，不過我出宮後幾乎沒再碰過了……」

于承均將其他玉簡攤開，但內容皆以滿文書寫，對他來說跟無字天書沒什麼兩樣。

鬼老頭拿出放大鏡仔細檢查玉簡，看了半晌後搖頭：「雕工不錯，但是近代的東西，不值什麼錢。除非它的內容能帶來什麼新發現或指引我們到其他藏寶地點……」

鬼老頭堅信財寶或文物應該是藏在其他隱密的地方，對玉簡意興闌珊，於是招呼著葉離兩人一起去找暗洞。

「這幾個字應該不會錯……」金從于承均那裡拿了紙筆，邊振筆疾書邊喃喃念著：「這是s，這是a……薩其馬很好吃，所以我記得怎麼寫……」

3 滿文與錫伯文轉寫成拉丁字母的方案之一，普魯士人穆麟德所提倡，至今仍廣為使用。

于承均難得看見金皺著眉頭認真思考的樣子，忍不住將燈提近一點以看得更清楚。

金的睫毛隨著閱讀的動作不停搧動，視力不佳使得他必須要靠得相當近才看得見，鼻尖幾乎要貼在玉簡上了，粉色的唇不斷開合，結巴地念著或抱怨。

于承均近乎是貪婪地注視著金，連眼睛也捨不得眨一下。瀏海在額際落下的陰影或是喉結在白皙頸上隨著說話而滾動的樣子，都讓于承均感到滿足。

金的一舉一動、一顰一笑，于承均都沒錯過，但他掩飾得極好，假裝冷漠、故意無視，沒讓人發現自己的注意力總是放在金的身上。而現在在這緊張時刻，他才能毫無顧忌地任自己的目光在金身上流連。

于承均不明白自己對金的感情從何而來，興許想幫他找出身世之謎那時就開始了。當時他只是純粹想著要為金做點事，並未想到患得患失的自己怎麼會不計酬勞地幫助別人，可能是憐憫，也許是同情，大概還有些自己也沒發現的情愫。

就像鬼老頭說的，既然兩人都有意思，那還顧慮什麼？

但于承均就是無法拋開那些顧慮。他覺得自己的心態就是還沒結婚便想著離婚後該怎麼辦。但就算提高離婚率又怎樣？他擔心的是自己還愛著老婆，而老婆卻堅持要離婚，他不覺得自己有如此的肚量和胸懷讓兩人好聚好散。

說到底，他還是自私的。于承均心中充滿恐懼，畏懼自己在面對必定會到來的分離時，無法瀟灑地接受一切。

即使現在金近在眼前，伸出手就搆得到，他還是得按捺胸中承受不住的情感，藏著掖著，裝作若無其事地痛苦著。

「……均？」

金躊躇的聲音將于承均拉回現實，回過神，才發現自己的手不知怎地摸到金身上去了。

「我頭上有髒東西？」

「呃……白頭髮。」

于承均的話才說出口就察覺到這謊言有多拙劣。金倒是信了，讀著玉簡邊悲慘地想，停止了一百年的時鐘難道終於要開始轉動了？

金不著痕跡地自暴自棄，不過手邊的工作也沒擱下，邊寫邊念道：

「nurhaci……fu、fulin……」

金念著念著，聲音小了下去。這似乎在哪看過……他思考了半晌，猛地一拍手跳起來，興奮得兩頰微微泛紅。「我知道這玉簡上寫著什麼了！怪不得我看著這麼眼熟，因為這是咱家的族譜！」

金沒頭沒腦的話讓于承均一時摸不著頭緒，在腦中整理了下之後，才驚訝道：「你說這是族譜？」

「你看！」金跳著指著玉簡上的文字，「hiowan yei、in jen、hung li，這些名字很耳熟吧？這個 hiowan yei 就是康熙帝的名諱，後面註明的 elhe taifin 就是康熙帝在位的年號。接下來的……這個！這是雍正帝的名諱和年號。這些玉簡上記載的是自塔克世[4]老祖宗之後的皇族家譜！」

于承均些微吃驚。皇室的家譜稱為「玉牒」，但也都是記錄在書卷裡，這種刻在玉上的玉牒倒是前所未聞。

鬼老頭聽到騷動時早已趕來，聽了之後卻一臉不以為然。「玉牒？小殭屍，你可別晃點我，清代玉牒是現今保存最完整的族譜，足足有一千多冊。這裡這麼幾卷，記載的不過是小貓三五隻。」

「玉簡記載的部分似乎只有直系的宗室子孫……」金慌張地說。由於不能完全判讀玉簡上的文字，所以他也無法確認。

于承均拿起玉簡，這才發現箱子裡只有上面是玉簡，下方是一本本線裝書。他隨意拿起一本翻看，道：「這些線裝書就是旁系的了，寫的是漢字……呃！」

4 塔克世，努爾哈赤之父。

線裝書頁因為潮濕而泛黃發皺，于承均翻了幾頁就全散開了，掉落一地。

他們連忙撿起殘骸，忽地一個名字躍入眼簾，于承均正想細看，已經被其他書頁蓋過了。無論他如何翻找，卻都沒再看到。

于承均看看書頁，上面有新舊不一的墨跡，看來這玉牒還在增修中，最近幾十年的部分許多名字都挺菜市場的……

鬼老頭拿著玉簡左翻右看，道：「若這是清朝皇室的東西，那可值錢了。小殭屍，你對這玉牒真沒有印象？說不定光緒老兒曾讓你看過……」

金對鬼老頭的話置若罔聞，自顧自地看著玉簡露出疑惑的表情。

「奕慶？」

金一臉煩惱地道：「我的名字怎麼寫啊？在這上面看到應該是我的名字的文字，也確實是在老爹之下，但是似乎搞錯了，怎麼會寫……」

金講到一半，赫然抬起頭來低聲道：「噓，我聽見外面有聲音。」

眾人沉默下來。雖然他們聽不見，但金的耳力之好是有目共睹的，于承均也放低聲音問：「哪裡有聲音？」

金的手指舉起，指向剛剛來的方向：「有很多腳步聲，聽起來像是靴子。」

于承均眉頭一皺，隨即想起在溶洞看到的黑衣人屍體，腳上也都穿著 GORE-TEX

的軍用靴……難道是羅教授那群人來了？

于承均與鬼老頭面面相覷，心中皆暗叫糟糕，現在要是跟羅教授起正面衝突可不是好玩的，雙方人數與火力相差懸殊，他們現在處在這死胡同裡根本毫無退路也無處可躲，若是打起來勝負昭然若揭。

「媽的，還是著那龜孫子的道了！這下子他就可以直接來個甕中捉鱉。」鬼老頭懊惱道。

于承均數了數身上帶的手槍和子彈，可悲地發現，若他們都是彈無虛發的神槍手，才有可能逃出生天。火藥倒是還有很多，雖然在這地方使用火藥實在不是明智之舉，但他還是快速地剪了幾段引線插好，並將槍及子彈分給眾人。

「咱們在這石臺上位置高，占了地利之便。」于承均小聲吩咐，「一路上留下的痕跡足以讓羅教授知道我們的存在……也可能是他一直跟蹤著我們，總而言之，想偷襲是不可能的。等會兒先虛張聲勢一番，確認羅教授到底有什麼意圖。」

葉離吹熄了石臺上的燈，四人埋伏在黑暗中嚴陣以待。

約莫十分鐘後，遠方出現點點亮光，隨便數數也有十幾人，由遠而近的腳步聲更是紛沓雜亂得讓眾人緊張起來。

待走近後，他們才看清楚，那群人有二十來個，有的提著礦燈、有的舉著火把，之中為首的正是羅教授。他看起來好整以暇，似乎完全不把躲在黑暗中的敵人看在眼裡。

「站住。」首先出聲的是于承均。他在羅教授一行人即將踏上階梯時出聲喝止，並拉開槍的保險栓讓子彈上膛，清脆的聲響在空曠的石洞內讓人聽得一清二楚。

羅教授停了下來，不見絲毫慌張，其餘人也都是有備而來，紛紛拿出武器。

「別動。」于承均沉聲道：「你信不信在這距離我可以一槍打爆你的腦袋？」

剩下三人皆在心裡大叫：唬爛！

羅教授清清喉嚨，不疾不徐道：「上面是哪位？既然沒直接對著我開槍，想必是有其他緣故？」

金之前被羅教授搞得半死不活，那些折磨都還歷歷在目，滿腔怒火在見到羅教授之後迅速高漲。

「我只想知道，你為什麼要選擇這裡當我的葬身之處？還有什麼是我不知道的？」

聽到金的聲音，羅教授先是愣了一下，接著震驚的樣子就像是被雷劈到一般。他一臉又驚又怒，厲聲道：「金，你怎麼到這裡來了?!」

石臺上的四人都覺得羅教授的反應有些異常，但皆未出聲。

羅教授似乎是查覺到自己的失態，深呼吸之後隨即說道：「那麼剛剛那位應該是承均了？不好意思，我並未料到是你們。」

于承均冷冷道：「那又如何？」

羅教授從懷中掏出一個長形物體，再抬起頭，閒適的微笑已不復見。「如果知道是你們，我就不會閒話家常了。」說完，他隨即拋出手上的東西。

那長形物體在空中畫了個拋物線，猛地爆出刺眼的白光，馬上將室內照得一覽無遺。

「是照明彈！」

在葉離驚訝的聲音發出同時，羅教授的手下也衝了上來。照明彈掉在石臺上，讓于承均四人無所遁形。

是哪方先開槍的已經分不清楚了，一時間石洞內槍聲大作。明顯居於弱勢的四人只能暫時阻擋羅教授一行人，但那些黑衣人們火力充沛，個個都露出一副荊軻刺秦王、不成功便成仁的決心。

「阿金，你怎麼這麼討人厭啊？」葉離趴在地上大叫，「人家說殺父母之仇不共戴天，瞧羅教授恨得你牙癢癢的樣子，你是不是跟他家有什麼過節啊？」

金一手摀著耳朵，一手胡亂開著槍，大聲道：「年代不合啊！羅教授的老爹活著的時候我還在棺材裡！而且我這人樂善好施、謙遜有禮，怎麼會跟人結梁子……哇！」

于承均踢了金一腳，要他別再廢話，專心對抗敵人。他們退至木箱後面，藉著遮蔽得以暫時鬆口氣。

鬼老頭背靠在木箱上，聽著子彈穿過木箱打碎裡面玉簡的聲音，露出痛心疾首的樣子，「這些人實在是……他們根本不知道自己打爛了多少值錢的寶貝。」

槍聲不絕於耳，四人的子彈幾乎告罄。于承均拿出雷管，點燃引信後正要丟出去時，忽地聽到金驚呼一聲。

一回頭，只見幾支黑洞洞的槍管已經指著他們了。羅教授趁著混亂，和幾個手下從石臺旁邊悄聲無息地爬了上來。

金的胸口中了一槍，暗紅色的血液不斷淌出，他蒼白著臉，憤恨地看著羅教授。對於刀槍不入的金，羅教授的武器總是能造成他極大的傷害與痛苦。

「抱歉了，承均。」羅教授站在于承均面前，手中的槍指著金，滿是歉意地說：「請你們乖乖就範吧，我希望可以避免不必要的傷亡。」

大勢已定。

于承均咬牙拔掉已經點燃的引信，已經沒作用的槍也丟在地上。原以為可以撐久一些，藉以爭取談判的空間，沒想到羅教授的作法如此決絕，他們的反抗根本是徒勞。鬼老頭和葉離一臉不甘，所幸他們並未受傷。于承均看了看金，雖然中了槍，似乎尚無大礙。

羅教授嘆了口氣，示意其他人將槍收起來。他慢慢踱著步，看起來相當苦惱。

于承均沉聲道：「羅教授，你到底有何意圖？」

「這……實在很難啟齒。」

葉離小聲咒罵道：「又不是痔瘡，裝什麼祕密……」

不過羅教授並未聽到的樣子，又或者他完全不在乎，只是對于承均道：「有些事情很難向你解釋，不過，相信你慢慢會明白我這樣做的苦心。」

「你現在說我就可以馬上明白，不用等這麼久。」

羅教授苦笑道：「承均，你對我可以不用抱著這麼大的敵意。我並不想讓你們涉入此事，從頭到尾，我的目標只有金而已。」

「你打算對金做什麼？」

「殺了他。」羅教授乾脆地回答。「他的存在是違背天意的，只要他活著一天，對這世界來說都不是好事。」

耳聞這席話，于承均既驚且慌，不顧其他人手上的槍，跳起來叫道：「他的存在並不會對任何人造成威脅！」

羅教授轉頭吩咐，幾個人上前來抓住了于承均，連鬼老頭和葉離也被架起來。

「羅教授！我們談談！一定有其他辦法的！」于承均喊著。

葉離也不斷掙扎，驚叫道：「喂！你敢傷害阿金?!他什麼事都沒做！」

「若是今天我不殺他，將來他做的會比我現在要做的事殘忍千百倍。」

羅教授掏出槍，慢慢指向一臉怨恨的金。

于承均見狀，大叫道：「奕慶！你有辦法對付他們的吧？別管我們！」

「抓好他們，別讓他們礙事。」羅教授吩咐。

金慢慢轉過頭，看著一臉悲悽欲絕的于承均。要是他敢反抗，其他人的槍會毫不留情地對著于承均等人的。

他明白自己的死期要到了，只希望死前看到最後的景象是于承均，那個他發誓要守護一輩子的人，卻沒能做到……至少現在他所能做的就是安靜赴死。

「抱歉，金。」羅教授的臉看起來相當誠懇，舉著槍的右手沒有一絲動搖。「我會快速俐落地解決，不會讓你感到痛苦的。」

金的眼睛眨也沒眨，只是看著于承均，像是要把他的模樣烙在腦海中似的，眼波流轉，蔚藍色的瞳孔依舊美麗澄澈，充滿著從未變過的感情。

于承均知道自己應該要說出來，否則再也不會有機會了，但嘴巴翕動了幾下，卻乾澀得發不出聲。

「再見。」羅教授吐出冷冷兩個字，扣著板機的食指慢慢壓下……

「哇！」石臺下突然傳來一陣騷動，隨即槍聲四起，聽得出來十分混亂，每個人都胡亂開著槍。

羅教授皺了皺眉頭，放下手槍道：「去看看怎麼回事！」

一人走至石臺旁，原本疑惑的臉呆了半晌之後，猛地轉為驚恐。他回過頭來，嘴巴大張著：「將……將……」

羅教授不耐煩大步走上前，瞄了一眼後臉色大變，回頭喝道：「備戰！武器全拿出來！快點！」

石臺上的人對於狀況完全摸不著頭緒，但對於羅教授還是唯命是從，連抓著于承均等的手下們也紛紛放下了人，掏出自己的武器。

鬼老頭大喜，輕聲道：「賺到了，羅教授的小嘍囉們八成是起內鬨了，趁他們互相廝殺時趕緊帶小殭屍逃跑。」

于承均坐在地上，全身幾乎虛脫。葉離見狀，毫不留情地一掌打在他的腦袋上，喝道：「師父！」

于承均如夢初醒，抬起手用袖子擦了擦臉上的汗水和髒汙，站了起來。

于承均和葉離合力攙起受了槍傷的金，四人偷偷摸摸就想從旁溜下去。走至石臺旁，他們才看到了下方的混戰。

——這是讓人驚嚇得肝膽俱裂的一幕。

羅教授的人馬已退至石臺旁，但仍不斷地開著槍。在前方，那群約數十人、拖著步伐緩慢行走的人看起來衣衫襤褸，子彈不斷穿過他們的身體，但對他們似乎完全無礙，仍舊繼續往前。

一旁的石燈籠幾乎全已倒塌，其下的石磚地就像是普通的沙地般鬆動翻滾著，接著就有東西從下方破土而出——那是石燈籠下方掩埋著的屍體！

放眼望去，視線可及的範圍內，石燈籠一座座倒下，穿著清代官兵服的殭屍正一個個破土而出，搖搖晃晃地朝石臺走來。它們臉部已經腐爛得幾乎見骨，表皮甚至還覆著屍蠟，手臂鬆垮垮地掛在肩膀上、要掉不掉的，看起來噁心至極。

當葉離看到殭屍們身上的腐肉掉下來時，忍不住開始作嘔。

鬼老頭活了一輩子從未看過如此景象，他自認看過不少殭屍，離奇的事件更是層出不窮，但如此的殭屍完全顛覆了他的認知。

「《子不語》裡也記載，『葬久不腐』是形成殭屍的先決條件，但這些傢伙……」金看到了和自己堪稱同類的殭屍們，完全沒有喜悅，反而臉色蒼白道：「以科學角度來說，它們的肌肉已經腐爛，也沒有牽動骨頭的肌腱，怎麼可能會動……」

羅教授的手下對那群會走路的腐屍完全束手無策，只能不斷開槍試圖嚇阻，但那殭屍們就算手腳被打斷，也靠著剩下的肢體繼續往前爬。看到這情景，眾人根本無心戰鬥，紛紛逃至石臺上，戰況節節敗退。

看著那些殭屍爬著階梯上來，羅教授猛然想起件事。

「我記得這裡有其他路，不過時間已久，確切位置在哪也不清楚……」

羅教授跑向後頭，伸手在岩壁上到處敲，希望能聽出些端倪。

現在這情況，于承均等人就是想逃也逃不掉，只能硬著頭皮加入了混戰。

一名黑衣男子走向于承均：「請到後面來，教授吩咐過一定要保護幾位的安全。」

于承均沒理他，拿著雷管點燃引信後拋了出去，掉在那群殭屍面前。

砰的一聲巨響過後，爆炸的氣流迎面而來，碎石四濺、煙塵瀰漫。往石臺的階梯被炸出了個大坑，前頭的殭屍也被炸得血肉橫飛。

葉離敏感地注意到掉下來的碎石中摻雜著腐肉，差點沒吐出來。

于承均收起雷管，他並不想再炸一次，那些掉在身上的殭屍血肉臭得讓人作嘔。

他的目的並不是將那些殭屍全部炸爛，從黑暗中不斷出現的人影看來，大概整個石洞內埋的殭屍全復活了，現下只能暫時阻擋它們，爭取時間。

就在這時，羅教授似乎找到了開關，在牆上一處用力一掀。

幾秒鐘後，轟隆聲傳出，連地板都微微震動。旁邊岩壁距離石臺頂約兩公尺高之處出現變化，一塊約一人大小的方形岩壁慢慢地凹陷。退進去約一公尺後，石壁慢慢升了上去，露出後方的通道。

「快上去！」

羅教授的手下們井然有序地撤退，迅速地攀上洞口。羅教授攀上後，回頭將葉離及鬼老頭也拉了上去，最後就是于承均和金。

殭屍們很快地就重振旗鼓，已經爬上石臺往這裡來了。

于承均將背包遞了上去，握著上方伸下來的手，踩著岩壁一口氣爬了上去。他氣喘吁吁道：「那些東西會爬上來嗎？」

羅教授指了指牆上一個凸起。「可以關上。這門足有十幾吋厚，任那些爛骨頭爬上來了也撞不破。」

「那就好。」于承均鬆口氣，回頭趴在洞口往下伸出手。「奕慶，抓著我的手！」

猛然一隻手扯住于承均，他一時猝不及防，結實地摔在地上。抬頭一看，兩個黑衣男子已經一人一邊扯住了他往後拖。

「你們做什麼?!放開我，還有人在下面！」于承均掙扎著說道。

「很抱歉。」羅教授的聲音從背後傳來，「金必須死，如果能不藉由我的手來殺他是最好的。」

于承均往下看，只見金仰頭望著他，臉上綻放出個燦爛的微笑。

「快走吧，均。」

還來不及回答，就被往後拖走，于承均回頭，見鬼老頭和葉離也被架住了，心中一涼，破口大罵：「放開我，你們這些王八蛋！」

抓著他的兩個黑衣男子充耳不聞，其中一個轉頭對羅教授道：「教授，可以了。」

于承均看到羅教授的手伸向岩壁的開關上，再抬頭看那頭頂前方懸在那的大石。那顆石頭一落下，他可能再也見不到金了……

在羅教授壓下開關同時，于承均根本來不及思考，使勁的曲起手肘往後用力一拐，撞在兩個黑衣人的胯下。

箝住雙臂的力量立即消失。耳裡聽到後頭傳來的慘叫聲，于承均動作毫無停滯，往前一翻滾出了好幾圈。沉重的門同時轟地落下，只差幾公分就會壓到他的腦袋上。

他爬起來，見通道已完全被擋住了，大石正緩緩向前移動。于承均爬到洞口，見金依然站在洞口下方的石臺上，背對著這裡。

「奕慶。」

聽聞呼喚，金震了一下，然後慢慢回頭。

看到于承均的臉，金瞬間感到驚喜，但隨即湧上的是說不出的苦澀和驚慌。他揮著雙手，大叫道：「均！快走！」

于承均跳了下來，穩住身形之後隨即張開雙臂擁住金。與其就此分離，他寧願和金一起面對。

頭頂傳來聲響，一些碎石沙子掉了下來。門已經恢復原狀，幾乎看不出縫隙。

金哭喪著臉指著門：「門、門關起來了……你要怎麼辦？他們會再開門吧？」

于承均感覺到金僵直的身體，只能拍著他柔聲安慰道：「沒事的。」

金眼巴巴地看著門，但岩壁一動也沒動。

于承均放開金，看著逐漸逼近的殭屍潮，心平氣和說道：「地宮裡的暗道通常只有一個『開』和一個『關』，分別設置在門的兩邊，所以從地洞那裡應是無法開門。」

「那、那麼你知道羅教授從哪開門的嗎？」金焦急問道。

「剛剛大家都忙著對付殭屍，沒人注意到羅教授是如何開門的。」于承均從腰際抽出兩根雷管，盤算道：「雷管只剩兩根，沒辦法炸死那些殭屍，要把門炸開也不夠……」

金心中五味雜陳，為了他深入險境固然代表于承均心中有他，但自己拖累了于承均也是不爭的事實，若是因此有什麼萬一……

「這石臺是漢白玉製的，硬度不高[5]，我身上的火藥應該足夠炸爛這個臺子。」于承均自顧自地說：「等一下我會退到石臺後將殭屍引上來，然後再炸臺子，這樣應該可以拖延一些時間。到時候奕慶你就趕緊跑，那些殭屍動作緩慢，你要跑快一點，別跌倒了……」

于承均話才說完，一直低著頭的金突然抬起頭，臉色凶惡地搶走于承均手上的雷管就跑了出去。

金撿起地上的火把，忍著胸口的劇痛邊揮舞著邊對那些殭屍大喊：「退後，你們這些噁心的混蛋！均，你快走，我不會讓這些傢伙碰你一根寒毛的！」

于承均心中暗罵，笨蛋！想逞英雄也不是挑這種時候！

他明白金想保護他的心情，自己也是一樣的，無論如何都不希望金受到傷害。但這是他經過深思熟慮的決定，金向來笨手笨腳的，要當誘餌當然是身手敏捷的自己比較適合。

5　漢白玉即為白色大理石，莫氏硬度為3。莫氏硬度為一種相對硬度標準，共分十級，人體指甲的莫氏硬度約為2.5。

雖然金自告奮勇，但自己怎麼能丟下他逃跑？于承均握緊另一支雷管，人就衝了出去。

那些殭屍似乎怕火，見金揮著火把，動作都停滯下來。察覺到此事的金興奮地說：「這些傢伙大概是被拿去當蠟燭當怕了，所以不敢靠過來吧？」

……殭屍怕火？于承均思忖著，他也沒注意到那些殭屍是否曾特意避開舉著火把的人。當然不管是什麼東西遇到火都會著的，但就是沒聽說過火可以剋殭屍。

「太好了，這樣應該就可以殺出條血路逃出去了！」金揮著火把，作勢往殭屍身上燒。「滾開，臭傢伙！」

不過殭屍們似乎察覺了金的虛張聲勢，慢慢縮小包圍網，甚至身上的衣服被點燃了也依舊向前逼近。

于承均從地上也撿起支火把，正想叫金撤退時，卻看到一幕讓人膽顫心驚的畫面。

金看起來十分愜意，揮著火把恫嚇殭屍們，而握在他左手的雷管，引信不知何時燒起來了，火星正迅速地往上延燒！

「奕慶！快丟掉你手裡的雷管！」于承均衝了出去大聲叫著。

金愣了一下，看了看右手舉著的火把，然後轉頭看了看握在左手裡、連自己都忘記了的雷管，才赫然明白于承均的舉動。

金舉起手臂，用力地將雷管拋了出去，但舉起手時牽動了胸口的傷，他一手軟，力道和準頭都有了很大的落差。雷管落在他前方不過幾尺的殭屍堆裡。

距離不夠！

于承均衝了上去，將金撲倒在地上。當他感覺到自己的手臂撞在地上時，引信也燒到了盡頭。

這次的爆炸距離相當近，瞬間的氣流與音爆讓人還未進入狀況就被震出幾尺之外。于承均感覺到身體被拋上石壁然後摔了下來，但他的手始終箍得緊緊的，也能感受到金緊環著他的頭與肩膀。

在落地的瞬間，落下的勢頭被地板阻擋了一會兒，接著又是讓人心慌的下墜感。

當他們再次重重落地時，周遭也安靜下來。于承均閉上眼，陷入黑暗之中。

Zombie's Love is 100% pure

第十八章

金緩緩醒來，睜眼後第一眼看到的就是于承均。于承均趴在他身上，雙目緊閉。金動作輕慢地讓于承均躺在地上，檢查確認沒有外傷，才輕拍他的臉頰：「均！」

于承均睜開眼，見到金時微微一驚。他花了幾秒鐘才讓腦袋清醒，隨即就感覺到渾身作痛。他動了動手腳，幸好還有知覺。

「……奕慶，你沒受傷吧？」于承均坐起身，注意到了周遭陌生的環境。「這裡是……」

他們身處在一個山洞之中，滿地都是白色碎石，旁邊還躺著幾具殭屍殘骸。左右看不到門或通道，于承均往上看，只見頭頂一個大洞，幾具殭屍站在洞口旁動也不動，不曉得是打算守株待兔還是……

看這樣子，他們應該在石臺下方……或者是說在石臺裡。萬萬沒想到這大石臺竟然是空心的，剛剛的炸藥將表面炸開，所以他們掉了下來……所幸上面那些殭屍似乎沒有跳下來的打算。

觀察完四周，于承均將注意力轉回金身上。這時于承均才發現金的臉色蒼白，一隻手按著胸口的槍傷，血液從指縫間不斷滲出。

于承均連忙讓金躺下以查看他的傷勢。子彈並未貫穿，卡在了身體裡，那裡正好是金之前被羅教授刺傷的地方。舊傷未癒、新傷又加，金疼得連話都說不出了。

「忍著，我幫你把子彈挑出來。」

于承均解開金的衣服和胸口纏著的紗布，拿出小刀用火烤過，然後對金道：「要開始了，忍著。」

金聞言點點頭便閉上眼。

于承均深吸口氣以穩住手的顫抖，他知道這時應該說些話轉移金的注意力，但口拙的自己也沒話題可聊，想了半天，才躊躇地問：「奕慶，你……一直有龍陽之好嗎？」

這個問題成功吸引了金的注意力。

趁金一臉呆愣，于承均的刀子切了下去。

「嗚……」金洩漏了半句呻吟，然後馬上閉上嘴咬牙忍著。

切開傷口後，于承均俐落地用刀尖將子彈挑出。整個過程不過幾秒，但金已經痛得渾身發顫，冷汗不止。

于承均從金的背包拿出水壺沖洗傷口，並餵金喝了幾口水。包紮完傷口，于承均再度拿起刀子，在自己的手背上劃了一刀。

他將手湊近金的嘴邊。金見狀大驚失色，驚愕問道：「均！你、你做什麼?!」

「做什麼……」于承均才覺得莫名其妙，「給你喝啊。」

話說完，于承均這才想起，之前金喝血時都是在意識不清的狀態下，像這樣保持清醒還是第一次。

金雖然知道自己曾喝過于承均的血，也不得不承認那種美味一直讓他難以忘懷，但要他這樣大剌剌地喝血實在……

「你害臊什麼？更應該覺得羞恥的事你都做過了，快喝！」

迫於于承均的淫威，金只好含淚慢慢地舔著滲出的血液。看到金的德性，于承均覺得自己像是逼姦良家婦女似的……

金粉紅色的舌尖在傷口上一下一下地舔著，看著看著，于承均突然明白了金的顧慮。明明只是很普通的進食行為，看起來卻挺色情的……

連于承均也臉紅起來，只好轉頭不看，但手背上微癢的感覺搔得他不得不在意。

喝完血，兩個人都紅著臉，不太好意思看對方。

金平時雖常厚顏無恥地對于承均上下其手，但喝血對他來說是種更親密、更進一步的行為，突然就這樣做，他還沒做好心理準備啊……

于承均輕咳了聲掩飾自己的尷尬。「我想我們都需要好好休息一下，幸好這裡挺安全，等一會兒再作打算吧。」

于承均將地面大致收拾了下，碎石塊及殭屍殘骸都堆到角落去。他鋪好睡袋讓元氣大傷的金躺下休息，自己則盤腿靠在一旁牆上，打算先守夜。畢竟上方還有一堆殭屍在那虎視眈眈，他也不想在熟睡時被撕成碎片。

他草草吃了些乾糧，幸好準備裝備時，糧食飲水平均分配到四個背包裡，自己的背包丟了還有金的在。仰頭喝水時，瞥見金的睡臉，于承均忍不住坐得靠近些。

撐著臉頰，眼皮漸漸變得沉重。朦朧中，一切再也與他無關，連腐爛的殭屍與羅教授都可以拋諸腦後，在難得平靜的時刻，光這樣看著金，便讓他覺得人生至此，夫復何求……

聽到了些微聲響，于承均馬上驚醒。他朝四周看了看，並未發現異狀，而頭頂幾公尺處的殭屍們似乎是入定了，保持著他入睡前的樣子，紋絲不動。

他看了看手表，竟然已睡了兩個多小時，但身體依舊痠痛，總覺得比睡之前還累……于承均舒展了下筋骨，站起身察看金的狀況。

金的睡相極難看，整個人捲著睡袋蜷縮在一起。于承均莞爾一笑，正要叫金起床時，才發現他全身緊繃且不斷發抖。

于承均心裡也慌了，焦急地喚著金並將他翻過來。金的眼睛瞪得老大，看到他時反常地露出驚嚇的樣子，迅速地翻過身將睡袋蓋住頭，似乎是不願看到于承均。

那驚鴻一瞥之下，于承均就知道事情嚴重了，金的雙眼裡閃過一絲血紅，表情也相當猙獰。

于承均算算日子，咒罵自己實在太過粗心大意了，竟沒注意到今天已是陰曆十五號、月圓，也是……金發作的日子。

金緊抱著身體，壓抑自己對血的欲望，渾身冒著冷汗並不斷抽搐。于承均心慌意亂，又擔心金這樣會傷了自己，便想將他翻過來躺好。

「走開！」金感覺到于承均觸碰著自己時簡直要崩潰了，尖聲叫道。

「奕慶！你這樣會傷了自己的！」于承均厲聲道。

金縮著身體，嘶啞地說：「均，趁、趁現在快走，我怕我受不了會……你快點走！跑到我聞不到、也找不到你的地方！」

于承均憶起上次折騰了許久、打壞了許多東西才制住金，那次情況也相當危險，三人合力加上冰箱和鐵鍊都差點功敗垂成。這次……他看看四周，完全找不到能夠用來綁住金的東西。

……可惡！

于承均咬牙，往頭頂看去，殭屍們還圍在那邊，雖然他對自己的速度也挺有自信，但即便加上火把也不可能突破數百隻殭屍的包圍……

兩條都是死路，不過和金狂暴的樣子比起來，選擇上面的道路生還率似乎會高一些。

他看了看躺在地上的金，只要金能撐過這段時間，到時再回來找他也行。于承均背起背包，將火把點燃，走到金的身旁道：「奕慶，我會再回來找你，你……再見。」

金轉了過來，臉上露出虛弱卻欣慰的微笑。「快走吧，均，我會去找你的……我們一定會再見面。」

點頭之後，于承均走到岩壁旁邊開始往上攀，爬了幾步，他低頭，便瞧見金也看著他。

金愣了一下，像是忍著痛苦般地蹙了下眉頭，但還是笑道：「均，你的身手真好。」

于承均試圖扯出個微笑，但胸口充塞著的苦澀卻讓他無論如何也笑不出來。

他閉上眼，那些片段便自然而然地湧現出來。都到這種時候了……他的手緊抓著岩壁，用力得有些顫抖。

再次睜開眼，手上力道也鬆了開來。于承均滑下岩壁，將火把用力地往岩縫中一插，一把擁住不知所措的金。

他緊緊抱著金，兩人之間沒有任何距離。雖然這個身體沒有心跳，但于承均確實感覺到了和自己胸口中同樣的悸動。

金細軟的髮絲搔在鼻端，于承均將自己的臉埋在金的頸肩。

「我曾差點失去你，那時我就發誓絕不會再做出讓自己後悔莫及的事……現在又怎麼能夠丟下你離開？」

金眨眨眼睛，忽覺有點鼻酸。「均，你……」

「不管發生什麼事，我們都要一起面對。遇上殭屍，我們一起殺出條生路；你要是忍不住，我就綁著你直到你恢復正常為止，懂嗎？」

金掙開睡袋，激動地抱住于承均。一直油嘴滑舌的他，此時卻哽咽得說不出話。

命在旦夕的時候還考慮什麼現實和社會觀感？于承均一直天人交戰著，但他突然體會到自己和金可能無法活著出去後，便覺得之前的煩惱就像屁一樣微不足道。

對現在的他來說，還有什麼東西比金重要？

他將金摟得更緊了，像是要揉進身體裡似的。在這時，保護金的念頭盤據了他的心裡。

待兩人的心情平復下來，于承均才有些不好意思地放開金，顧左右而言他道：「你傷得不輕，這次發作起來應該不會像上次那樣麻煩，我也想到辦法了。」

金還未從震驚中恢復，只能含糊地應是。

于承均走到旁邊，那裡堆著碎石塊和殘骸。他搬來塊石塊道：「估計你也沒什麼力氣了，用這些石塊應該擋得住。」

于承均讓金躺回睡袋裡，從背包翻出所有能綁的長條繩子，結結實實地在睡袋外捆了一圈，「這樣應該不太舒服，委屈你忍忍了。」

于承均說完，想起什麼似的「啊」了聲。他從衣領拉出個東西，金一看，正是之前送給他的血玉。

見金不解的樣子，于承均微微一笑，將綁著血玉的繩子解了下來。他兩手分別捏著玉玨的左右邊，用力一掰，血玉便裂成兩塊。

于承均讓受到驚嚇的金仔細看了看玉玨，中間的裂縫邊緣看起來圓潤光滑，不像是破碎的樣子。

「『玨』的意思是兩個部分合在一起的玉器……這塊血玉也是如此。」于承均將原本的紅線剪成兩段，分別穿過兩片玉的鏤空。「這兩片玉極巧妙地嵌在一起，我想，真正贈送這塊東西的方式是……」

于承均將穿著紅線的半片玉繫在了金的脖子上，另一片戴在自己身上。

「兩人各持一片，才能知道彼此的心情，若是兩人都能感覺到玉的溫暖，才是擁有這玉玨的意義，對吧？」

金愣愣地看著躺在胸口上的半片玉，回想老娘說的贈與這塊玉的意義。如今于承均將這片玉轉送給他，是否代表于承均對自己的感情就如同自己對他那樣？

于承均看出金似乎就要開口問了，連忙起身說：「我搬石頭來！」

他挑了些較大的石塊，一塊塊地疊在金身上，直至他的身體被完全包覆，還是不斷地堆上去。

于承均希望能藉由石塊的重量壓制住金發作時的力量，而這樣做似乎也有效，因為金面色痛苦地說：「我好像快窒息……不，應該是快扁了……」

于承均搬石頭搬得上氣不接下氣，但還是繼續將石頭堆上去。幸好金不是人，要不然被這些堆得像山一樣的石頭壓在下面，肯定會死人。搬完後，他也幾近虛脫，躺在金的身側喘息著。

「我想這樣應該沒問題了。」全身被覆蓋住，只露出一顆腦袋瓜的金說道：「我現在除了嘴巴外，全身上下都沒感覺了。」

于承均轉頭看著躺在一旁的金，伸手撥了撥金額際的瀏海。金的雙頰微紅，側過頭看著于承均，什麼也沒說，只是不停傻笑。

見那模樣，于承均的手忍不住順著金的臉頰慢慢滑下來，頭湊過去，輕輕地在金的唇上吻了一下。

金瞬間羞紅了臉，閉著眼睛叫道：「均，你、你趁人之危！不要臉！」

「你不喜歡？」

金無話可說，但一想起剛剛于承均主動吻他，便吃吃笑了起來。

于承均無奈一笑，坐起身，準備迎接最難熬的時刻。

過沒多久，金的臉色開始變得難看，頭不斷地轉動，看得出來忍耐得相當辛苦。于承均什麼也無法做，只能待在一旁。

于承均拿了手巾沾濕替金擦擦汗，擦到一半，金緊閉的雙眼突然睜開，血紅的瞳孔凌厲地看向于承均。

于承均猛然縮回手，讓金撲了個空，牙關互相碰撞發出清脆的聲響。

「好可惜啊……」金伸出舌頭舔了舔雙唇，「差一點就能吃到了……」

「我的手上都是老繭，咬起來應該會很硌牙。」于承均道，看了看右手，一邊暗自慶幸自己反應夠快，否則真要被咬下一塊肉了。

「讓我吃吧，均。我餓得受不了了。」金的雙眼直勾勾盯著于承均，看起來特別銳利的犬齒隨著他的笑容浮現。

于承均看了看手表，嘆道：「等今天過後吧。要是到了明天，你還想吃我，我就讓你吃。」

金雙目赤紅，看著堆在身上的石塊，陰惻惻道：「你以為這些石頭就能壓住我？」

「看起來挺有效的。怎樣，奕慶，你現在動得了嗎？」

于承均相當平和地闡述事實，不過金大概認為是嘲弄，面色猙獰大吼：「快放了我！否則我一定會將這裡所有的人吃得連骨頭都不剩！」

……應該會消化不良吧？于承均知道這句話說了可能會引起更劇烈的反應，所以忍著沒說出口。

金不斷掙扎怒吼著，無奈于承均的「泰山壓頂」策略似乎是奏效了，他一點辦法也沒有。

于承均知道自己再說話可能會惹得金更不高興，因此，無論金百般嘶吼或哀求他都不再應一句，索性閉目養神。

兩人就這樣僵持許久，金也累了，瞪著雙眼怨恨地看著于承均。

時間一分一秒地過去，于承均閉著眼睛在心中數著。他看似輕鬆，不過冷汗早已浸透了身上衣服，長時間地保持戒備，是非常耗神的。

他手中緊扣著墨斗和棗核釘，那是在金的背包裡翻到的，雖然他不知道那是鬼老頭趁亂放的還是金自己放的，在這時候真是幫了大忙。

「均。」

于承均看向沉默已久的金。

「你知道現在是什麼時刻嗎？」

雖然不明白金問時間幹嘛，于承均還是看看手表，道：「亥時三刻，怎麼了？」

「難怪……」金咧開了笑容，看起來極燦爛。「我覺得力氣慢慢地湧現，很快……我就能嘗到你了。」

就像要證實他說的話一樣，金身上的石塊堆鬆動，滾了幾塊石頭下來。

于承均捏了把冷汗，要是讓金掙脫就不得了了，他趕緊上前在石堆及金的身上彈上墨線。

金相當愜意，看著于承均忙東忙西的。于承均被那視線折騰得渾身發涼，覺得自己就像是不知死活、在老虎面前晃來晃去的豬肉一樣……

受限於地區及材料問題，于承均自認已經將防衛等級提到最高，要是金還能掙脫，他真是束手無策了。

于承均站在金的身側，以便於在金蠢動時立即制住他。

「均。」金再度呼喚他。于承均看了過去，只見金直直地望著他，表情天真地說：

「均，你愛我嗎？」

于承均愣住。就在這時，壓在金身上的石塊突然發生崩落，一下子全掉了下來。

幸好他早有所準備，看到人影跳起來時，立即拉出前端綁著紡錘的墨線拋了出去。墨線纏住了金，讓他一下子跌倒在地。

于承均單膝跪在金的背上壓住他的身體，扯緊墨線讓金動彈不得。若是在上一次的發作，憑他一個人，是不可能制住金的。現在只能慶幸金負傷在身，才能如此輕鬆。

他用全身力量壓著金，卻不期然地看到金露痛苦的表情，喉頭發出幾不可聞的嗚咽聲。

于承均下意識放鬆了力道，就在這一刻，金猛然掙脫了墨線，一掌就朝于承均身上打去。

于承均連忙向後閃，墨斗不慎被打落在地。同時，他感覺到一股巨大的力量將他向後推，背撞上岩壁，痛得于承均忍不住叫出聲。

于承均睜開眼，見金在面前，自己被壓在牆上動彈不得。金一手掐著他的脖子，尖銳的指甲深深陷入皮膚裡。

「告訴我，均，你愛我嗎？」金湊向他的脖子，舔舐著滲出的血絲。「如果你愛我，就應該乖乖讓我吃……」

于承均舉起手就想將棗核釘刺進金的背上。金隨手一揮，打在于承均的手上，棗核釘應聲而落。

手臂被打得發麻，于承均咬牙道：「那你呢？你口口聲聲說愛，現在卻要吃了我？」

金趴在他頸窩，陶醉地嗅著他，「我當然愛你，愛得恨不得吃了你，讓你融在我的血肉裡，這樣你就不會離開我了。」

說完，金凶猛咬上于承均的脖子。于承均痛呼，撇過頭並閉上眼睛。

金忘我地吸吮著從傷口裡流出的源源不絕的血液，感覺到于承均的血流向自己的四肢百骸、和自己漸漸融在一起，金便興奮得無法自拔。

于承均的肩頸被金啃得血肉模糊，而金邊舔著他，雙手更是在他身上不斷游移。

「均……」金忘情地喊著。

于承均終於完全屬於他了，毫不反抗、溫馴的、只屬於他一人……

「均，你不逃嗎？」察覺到于承均完全沒有反抗的意思，金抬起頭問道，唇邊還沾著紅豔的血。

于承均看著金，手慢慢撫上金的臉頰，動作輕柔而充滿憐愛。

「我怎麼會逃……你忘了嗎？奕慶。我發過誓絕不會離開你的。」

說完，于承均一手扣住金的脖子，狠狠地吻了上去。血腥味在唇齒間擴散，但不可思議的，他並不感到害怕。

金的身體僵硬，在這剎那，他似乎恢復了神智，猛然推開于承均，表情充滿驚愕恐懼。

「你胡說！你怎麼可能永遠跟我在一起？我不在乎了，你快點走！我不想再看到你了！」

「如果你吃了我，以後才真的會永遠看不到我。」

于承均慢慢走向金，因為失血而臉色蒼白，但他的話語和腳步卻堅定不可動搖。

「若是你真打算以後再也不見，那就吃了我，否則我不會放棄、不會離開，無論你到哪裡我都會找到你。」

金的眼眶泛起淚水，理智和欲望折磨得他幾乎要崩潰了。他既想吃了于承均和他合為一體，但又懼怕著以後見不著于承均該怎麼辦。

金發出撕心裂肺的吼聲，叫道：「均！快走！」

于承均走到金的面前，執起金的手低聲道：「奕慶，我知道你很痛苦，只要再一下就過去了。我答應你，我不會讓你吃也不會離開你，不會做出讓你我後悔的事，好嗎？」

金渾身發顫，抬頭望著于承均，血紅色的雙眼溢滿無助。

這個男人給了他一切，所以他發誓就算賠上性命也要保護他，但自己體內無法遏止的欲望卻叫囂著要吃掉那個男人……

金抓著于承均的手，放在唇邊摩娑著。這雙粗糙溫熱的手曾一次次地扶起自己，或是溫柔地摸著他的頭，就像對待什麼重要的東西似的……

金顫抖著在他的手背落下一吻，忍著張口撕咬的渴望，然後伸手捧住于承均的臉，額抵著額。

如此近距離看著金，連他纖長濕潤的睫毛都可以一根根數出，當下于承均的心裡只有「要好好保護這個人」的念頭。

他情不自禁地吻著金的眼，感覺到金的眼睫輕輕顫動著，然後順著臉龐一路輕啄下來，吻上金的唇角，動作充滿憐惜和無法訴說的情動。最後，像戀人般吻住了金的唇。

吻裡混著金的淚水和血腥味，金的唇微微顫動著，表達著他的手足無措和掙扎。

如果這一刻可以持續下去就好了……于承均心中想著。只有他和金，沒有其他瑣事，就算一起死在這骯髒的洞穴裡，似乎也不是壞事。

金緊閉著雙眼，眼淚不斷滑下。于承均熾熱的雙唇輕輕貼著自己唇上，溫度的交換讓自己冰冷的皮膚漸漸熱了起來。

于承均給了他新生和希望，讓他不在渴血的欲望中迷失自己。若是能和于承均在一起，就算葬身在這暗無天日的地方他也願意。

金終於知道為何自己會在百年的沉睡後甦醒過來，這時他竟然有些慶幸自己的早夭。若不是被殺了之後埋在那養屍地裡，他也不可能會遇見于承均。

對於這次的重生，金懷抱著滿腔感激，只要能在此刻擁有于承均，他別無所求。

金的手緩緩扶上了于承均的背，使勁地將他往自己身體處帶。

兩人唇舌交纏，氣息漸漸變得粗重。于承均喘息著推開金，但金又強硬地靠了上去，再度吻住他。

不知何時，于承均又被推到牆上，金緊抓著他的雙手，怕他會逃脫似地。

于承均用力掙開，手緊緊抓著金的後腦勺，啞著聲音道：「我……我不會逃的。」

金像是想吃了他般啃咬著他的唇，手也伸進于承均的衣服裡粗魯地撫摸著他。

金在身上游移的手相當冰冷，讓于承均不禁打了個哆嗦。

他一邊沉迷於與金相擁的感動，一邊又擔心著自己該不會把金的食欲轉變成性欲了吧？但欲望已被撩起，一發不可收拾。如狂風驟雨般在脖頸落下的吻讓他無法多做思考，只能喘著粗氣回吻著金，拉扯著金的衣服讓他更貼近自己。

兩人身體緊貼著，可以感覺到對彼此的渴望一樣強烈。碰到金已然勃起的性器時，于承均微微一震。但他沒時間思考，只是憑著本能將自己的胯部貼近，互相摩擦著。金忍耐不住，粗暴地褪下兩人的褲子。兩人撫摸著對方的性器，身體的溫度不斷升高。

當金的手探入于承均的股間時，他像是觸電般跳了起來。金一手扣著他的臀，一手強硬地探入後方。

于承均心裡產生抗拒，推著金的肩膀說道：「金……我沒辦法……」

金沒空應話，唇貼在于承均的身上不斷親吻啃噬，烙下一個個滾燙的痕跡。

于承均背靠在凹凸不平的岩壁上，周遭是爆炸過後的殘破景象，身上混合著血、汗水和沙塵，鼻腔內充滿著洞穴裡陰濕的味道和腐屍味……這裡可能是他們的葬身之地，不過他無暇想這麼多，體內的快感與欲望糾結在一起，讓他忘了思考。

金的手細膩光滑，撫摸著皮膚及敏感的性器時讓他舒服地仰起頭。一抬頭，于承均便見到站在洞口那些動也不動的殭屍，瞬間就像是一盆冷水澆下，他再渴望也不可能當著其他人的面幹那檔事！

吻著于承均的頸側，金的手指在後方攪弄著。對於于承均的顧慮，金的回答是扯著他、將他按到另一邊牆上。

正當于承均陶醉在金的撫摸帶來的快感時，金猛然將他翻過來，讓他的手撐在牆上，接著于承均就感覺到了金熾熱勃發的性器插入還未做好擴張的後方。

「渾蛋，奕慶……嗚！」

突如其來的劇痛讓于承均忍不住洩出呻吟，全身緊繃著，雙手更是緊緊抓著牆壁。金從後方抱住于承均，慢慢親吻著他的頸項與背脊。等于承均放鬆下來，金將下身用力地埋入他體內，開始緩慢地挺動。

于承均緊咬著牙關，承受來自身後的撞擊，一開始的痛楚過後就沒那麼不舒服。金慢慢加快動作，強烈的抽送頂得他身體隨之搖擺。

身體變得酥麻，于承均的性器也有了反應。金一手伸到他身前，握住于承均的性器擼動，前後夾擊的快感讓他渾身發顫，幾乎快站不住。

金退出于承均的身體，將他再度翻過來，抬起他一條腿便再度將自己的性器頂了進去。

于承均喘息著抱住了金，迷濛的雙眼眨也沒眨地注視著金。他現在才知道自己有多麼喜歡他，捨不得錯過任何一個瞬間。

于承均撫上了金的臉頰，湊過去深吻著他。

以往顧慮的種種事已經不再重要，現在于承均想做的只有敞開身體，沉溺在無可自拔的高潮中……

金躺在睡袋裡愣愣地看著天花板，頭頂的大洞和上面站著的殭屍們依舊沒變。不過，他和于承均倒是有了很大的不一樣。

清醒後，金驚訝地發現自己什麼都記得。他一轉頭，便瞧見于承均已經穿好衣服坐在一旁，微瞇著眼看他。

金覺得自己全身血液幾乎要沸騰了，紅著臉撇過頭，不敢直視于承均。

于承均倒是坦然多了。對他來說，身體力行的確比用嘴巴說要容易。他本以為接受了金後會讓自己的人生和價值觀起變化，但如今看來似乎沒什麼可變的，他也訝異於自己的態度之坦然。

現在，他只覺得胸口充滿某種非現實的喜悅與滿足，說不定是因為這地方與世隔絕，才讓他如此理智喪失，但于承均沒把握自己到了外頭是否還能保持泰然自若。

唯一可以確定的是，他對金的感情不會變。就算再怎麼害怕恐懼著現實，他也會和金一起走下去。

只是納悶著金那副害臊的模樣簡直比女人還扭捏。

「你在這之前不會還是處男吧？」于承均調侃問道。

金抬眼，水汪汪的雙眼眨了眨，嬌羞地說：「不是，我十五歲就上窯子了。」

……那你羞個屁！于承均動了動，那裡還是有著不適感，一想到金得了便宜還賣乖就不爽。

休息了一會兒，于承均確認自己能夠以正常姿勢走路後，便對金道：「奕慶，我們該走了。我打算先突破一段路試試看，要是不成再回來這裡，我擔心羅教授會回來找你，所以我們不能一直待在這。師父和葉離他們在羅教授那裡應該很安全，等出去之後再想辦法跟他們會合。」

「唔……」金坐起身，白皙的身體上除了原本的傷，還有不少啃咬撕抓的痕跡。

于承均看到痕跡時便憶起那荒唐的失控，自己也覺得不好意思，將衣服扔給金，粗聲道：「別磨磨蹭蹭的，快一點。」

金見于承均作勢要離開，慌張地穿上衣服，連上衣都穿反了。「均，你……沒問題吧？會痛嗎？」

于承均知道金指的是什麼，但回答會或不會感覺都不妥，索性假裝沒聽到。

往上爬到一半，于承均正欲回頭看金是否跟上來了，猛然一聲巨響震得他差點沒抓好。那是……爆炸聲！

他抬頭看著洞口，上方忽地傳來人聲叫道：「于先生，你還好吧？」

于承均警戒地看著上方，並在背後揮手指示金不要說話。沒想到羅教授的人已經折回來了……

「請你們找個地方遮好，上面會有爆炸。」

不久後，爆炸聲四起，頭上的石臺不斷崩落。金掩著耳朵，驚恐地看著不時落下的斷骸殘肢。

待上方安靜下來，一個人影出現在洞口。見到于承均時喜道：「還好你們沒事。」

于承均看清那人的臉後著實大吃一驚，這個人並不是羅教授的手下，而是之前幫助他們找到金的老羅教授！

……怪不得聽那蒼老的聲音覺得耳熟，于承均思忖著。

他們爬上去後，只見地面被炸得一片狼藉，到處都能看見腐爛的斷手斷腳。老羅教授站在中間，看起來毫無懼色，後方黑壓壓一大群人，看起來就像是黑幫老大出來巡察產業似的……

看到這等陣仗，金不禁張大了嘴，直嚷著這是怎麼回事。

「請問……您怎麼會來這？」于承均遲疑地問。

老羅教授面色凝重，嚴肅地說：「你說過要查我孫兒的行蹤吧？我本來不想再插手管年輕一輩的事，但我知道你們此次前來必定十分危險，還是派了人跟著來。而且……」

講到一半，老羅教授劇烈地咳嗽起來。于承均連忙幫他順順氣、坐到一旁。這一路上的顛簸艱苦他再了解不過，老羅教授竟能撐進到這裡，實在不容易。

喝了口茶，老羅教授拿出助聽器調了調音量，邊道：「其實我來這裡最主要的原因……還是放不下孫兒啊。他畢竟是我們家唯一的血脈，我不能看著他就這樣一錯再錯。我要謝謝你，于先生，是你帶我找到這裡的。」

「您孫子一定有什麼毛病吧？」金在一旁插嘴道：「例如殭屍恐懼症或是看到殭屍必殺症……」

「閉嘴，奕慶。」于承均擔心講太多會讓金的身分曝光，趕緊轉移話題：「不過羅教授已經不在這裡了，而我們也被困在這……」

于承均帶著老羅教授走到羅教授發現的暗道，「雖然有路，但不曉得該如何打開。」

老羅教授戴起老花眼鏡仔細看了一圈，吩咐手下拿了幾罐像是殺蟲劑的東西上來。

「這是硝酸銀，會和指紋中的氯化鈉產生反應，用紫外光照之後指紋就會浮現。」

老羅教授拉著他們往後退，幾個手下渾身包得緊緊的開始在岩壁上到處噴灑硝酸銀液，另外幾個人則拿著紫外線燈近照。

金看得目瞪口呆，驚嘆道：「這簡直跟ＣＳＩ一樣嘛！」

「ＣＳＩ？那是什麼？」于承均疑惑道。

金大驚失色道：「均，你竟然沒看過ＣＳＩ？那是匯集了所有高科技蒐證和辦案方法的影集耶……」

在他們討論要如何從一堆蠕動的蛆裡採集皮膚上的指紋時，老羅教授的私人鑑識人員有了發現。

岩壁上零零落落地分布著指紋，有一處看起來特別密集。

于承均恍然大悟。羅教授之前來過這裡，八成不只開過這道門一次，雖然剛剛似乎是忘記了，不過開關處指紋一定會是最多的。只是這指紋分布相當密集，應當是被頻繁地使用過……

戴著手套的男人在老羅教授的授意下按了按指紋密集之處，門再度打開了。于承均看了看壁上的黑色指紋，不得不佩服老教授思考之縝密，連這都想到了。

「其實直接炸門比較快，不過畢竟是文明人，還是要拐彎抹角一點。」老教授呵呵笑道。

「……」

Zombie's Love is 100% pure

第十九章

通道相當狹窄，所幸于承均和金已經沒什麼負擔，但羅教授的手下們各個全副武裝，很難快速行走，因此前進速度並不快。

老羅教授拄著拐杖慢慢地走，通道裡凹凸不平，連金都會絆倒了，對老人來說更是艱困。

要是在這裡和羅教授狹路相逢，他至少會看在老教授的面子上暫時不動手吧？于承均思忖著。

「教授，您知道這裡是什麼地方嗎？」于承均問道。

老人家一邊走著，邊拿著枴杖東敲西敲地查探，「這地方應該是長白山脈下吧？據傳長白山裡有許多未被發現的古墓，這大概是其中之一。」

「古墓？埋葬的是什麼樣的人？」金問道。

「從前頭那些壁畫及剛看到的玉簡殘骸來看，肯定是滿清的皇族。」

老羅教授沉吟道：「不過沒有足夠證據支持這個想法，我們並沒看到最重要的棺木，更何況滿清皇族的葬地眾所皆知，實在無從得知這裡的墓主是誰。要是有文字紀錄就好了，不過剛剛看到那些殭屍，我便急著想解決它們，等發現玉簡碎片時已經太遲了。」

于承均也相當懊悔沒能及時將那些玉簡留下，上面還有許多金未能解讀出來的部分，說不定拿出去後就能知道裡頭的祕密。

通道同樣崎嶇，卻和之前的道路截然不同，這條路一路向上，走起來也格外辛苦。

「好臭……」金突然掩著鼻子抱怨。

「奕慶！」于承均沒聞到任何氣味，趕緊阻止金繼續說下去，「抱歉，他的鼻子比較敏感，空氣不好就會……」

「我明白。」老教授和顏悅色說道，「我想不是這位小兄弟的問題。這裡接近火山，有味道在所難免。」

「火山？」于承均皺眉道。至少他目前還未發現任何像是火山的跡象，難道老教授的嗅覺和金一樣靈敏？

察覺到于承均的疑惑，老教授呵呵笑道：「這是我的推測，這一帶靠近長白山主峰，不過還不到中心位置，我們應該是在接近熔岩岔道的地方。」

老教授說的沒錯，前進一段路之後，于承均也聞到像是臭掉雞蛋的味道，還發現一旁岩壁出現黃色的礦物結晶體，便是硫磺。更讓人擔心的是通道內溫度越來越高，表示他們應當漸漸地接近熔岩岔道中心。

雖然長白山是座休火山，但最近百年也有噴發紀錄，若是好死不死遇上火山活動，光蒸氣就能將這裡的人全部烤熟了。

通道裡的高溫讓人越發難以忍受，對冷熱沒什麼反應的金這時才注意到大家都汗流浹背，衣服一件件地脫，幾乎只剩下內衣。

于承均也有些擔心這條通道的終點，不過既然羅教授來過，應該是沒問題，只不過越走就越對古墓的論點感到疑惑，怎麼會有人把墓建在這種地方？

所謂的墓就是死者安息長眠之處，在這種環境下，陪葬品極不易保存，更別提會喜歡這種高溫又充滿惡臭的地方。

他心中的不安漸漸蔓延，這地方似乎不單單只是古墓。

走了約莫三個小時，老羅教授突然「噓」了聲，並吩咐屬下們放輕腳步。抬頭一看，通道盡頭就在前方。

擔心鬼老頭和葉離的于承均率先走到洞口，探頭一看，眼前豁然開朗。

那是個巨大的天然溶洞，約有兩個足球場大，洞頂滿布著粗大的鐘乳石，石筍和石柱林立。于承均心中十分震撼，這絕對是世界上現存最大、保存最完好的石灰岩溶洞。

雖然他相當疑惑火山地形裡是否可能存在著石灰岩溶洞，但無論他絞盡腦汁回想著學生時代念過的東西，都毫無斬獲。

唯一解釋就是這裡本來只是單純的石灰岩地形，後來熔岩改道才從這經過……通道口旁邊還有個寬約七、八公尺的瀑布，嘩啦啦地注入岩縫裡，于承均探頭一看，那裂縫竟然深不見底，也不曉得瀑布水都流到哪裡去了。

「均，你看！」擠到于承均身旁的金忽然叫道：「那裡有東西。」

于承均瞇著眼睛細看，果然在石柱間看到了隱隱若現的影子，瞧那形狀應該是個棺木，旁邊還有火光，若是他猜得沒錯，那應該是……

于承均掩不住好奇，一馬當先地走了過去。

穿過一根根石柱，看得越發清晰。那火光來自於地面上一個洞，熱得讓人無法靠近周圍。遠遠就能看見岩漿在洞裡流動，蒸氣不斷衝上。

竟然真有人將墓建在熔岩通道旁！于承均心中的驚愕無法言喻，一想到自己腳下脆弱的石灰岩下方是溫度高達幾千度的熔岩，他就覺得腳軟了幾分。

強打起精神，如履薄冰似地一步步踏出。待走至中央看棺木的全貌時，于承心中的恐懼轉為不可置信的錯愕。

溶洞的中央一塊被剷平了，只有一具棺木擺在那裡。那棺木並不甚特別，但那形狀大小和外觀，于承均記得非常清楚。黑色木料和琺瑯彩棺套組合成的養屍棺……于承均轉頭看著一臉不解的金，心中震撼難以形容。

這棺木竟然和當初發現金的那個養屍棺一模一樣！

他有些恍惚地走至棺木前，正想看清楚時……

「別動！」

突然一聲大喊，隨即人影晃動，好幾名黑衣人從石柱後竄出，手中拿著槍。那很明顯是羅教授的手下，隨即于承均也聽到自己身後傳來陣騷動，老教授的手下們也紛紛舉起槍，兩方對峙著。

站在兩方人馬間的金和于承均感到了生命威脅而退後幾步。于承均正罵自己太粗心、看到棺木便什麼都忘了時，赫然發現那些黑衣人當中包括鬼老頭和葉離！

他本以為羅教授把他們兩人當作人質，但卻瞥見鬼老頭手中也一把槍對著這邊！

「師父！快過來！」葉離叫道。

于承均正錯愕時，忽地感到一個堅硬冰冷的東西抵在後腦勺。

「請你慢慢地轉過來，于先生。」和指著自己的槍一樣冰冷的，是老羅教授的聲音。

金看到老羅教授的舉動，又驚又怒道：「你做什麼?!」

「請您別輕舉妄動，否則我一緊張槍可能會走火。」

金看了看後面那些老羅教授的手下，每個人都殺氣騰騰且持有武器，要是有個閃失，于承均可能就會……

「這是怎麼一回事，教授？」于承均沉聲問道。

老羅教授蒼老的聲音聽起來依舊像是個慈祥的老者，語氣卻讓人發顫：「抱歉了，于先生，有些事騙了你。第一，我這次前來不是為了我的孫兒恆琰。第二，這地方我早就知道了。」

「……看得出來。」于承均剛剛見到老教授時，就覺得他們一行人看起來實在太過輕鬆，對於這地方的未知和險惡也毫不在乎……「那麼，想必您一定清楚這地方的來由？」

老教授放下拐杖，嚴肅地說道：「長白山是滿族的發源地，也是滿清的龍脈所在。而這裡，正是龍脈的源頭之處。這個棺木……于先生你應該很熟悉，對吧？」

「……沒錯，這和我當初發現金的棺木一模一樣。」

老教授搖頭道：「豈止一樣，根本就是同一個。」

于承均細看棺木，猛然發現棺套上一個個清晰可見的彈孔。那是當時金拿來擋子彈留下的。應該遠在千里之外的棺木，為何出現在這裡？

于承均想起了當初他們對於羅教授綁架金的種種猜測，那時羅教授匪夷所思的一句「那裡並不是你的墓穴」，真相似乎慢慢浮出水面了。

老羅教授看向一頭霧水的金，恭敬地道：「委屈您了，奕慶殿下。」

「你這是什麼意思?!」金叫道。

「那是您的棺木。因為我孫兒的阻撓，所以我不得不將您移到那寒酸的小地方。其實，這裡才是您真正的安眠之處啊。」

金瞪著眼睛，無助地看向于承均，但此時于承均內心的訝異絕不小於他……這地方竟是金的墓穴！

一個人影從鬼老頭旁邊走出來，那是年輕的羅教授。祖孫相見，卻感受不到一絲喜悅。

老教授冷冷地道：「恆琰，我跟你說過，你是阻止不了我的。」

羅教授看著自己的祖父，面色沉痛無奈，「爺爺，請您不要再執迷不悟了，為什麼您就是不了解呢？」

老羅教授厲聲道：「我才想問你，為何你們都不能了解，我想做的才是真正光耀祖宗的事？我窮盡一生都是為了復興咱們一族啊！」

見于承均和金一頭霧水的樣子，羅教授嘆道：「承均，金，我想應該先說明我們的身分。我爺爺名叫溥欽，溥是他的字輩，而我名叫恆琰，恆是我的字輩，我的全名是愛新覺羅恆琰。以輩分來說，我應該稱呼金一聲爺爺。」

「無禮！」老羅教授怒道：「我們是旁系，怎麼能跟宗室血脈相提並論！」

幾個名詞在金的腦裡打轉，就是沒辦法兜在一塊兒。原來兩個羅教授竟也是滿清皇室後裔？

于承均並不太驚訝，因為適才老教授叫著羅教授的名字時，他便想起了之前看到的玉牒，那個驚鴻一瞥卻總是想不起來的名字……就是「恆琰」。

「我一直試圖阻止我的祖父犯下滔天大罪。當時你們能找到我和金時，我就該想到背後一定有爺爺的勢力。後來承均你找了徵信社跟蹤我吧？我在瀋陽繞了幾圈把他們甩掉，沒想到你們還是找到這裡了……」

老羅教授昂然道：「沒錯，是我將奕慶殿下安排在我的房子裡以便監視，也是我強迫徵信社告知假情報，引他們到這裡來。」

鬼老頭憤恨地道：「這老傢伙從頭到尾都在作戲！」

不安在于承均心中慢慢滋生。

老羅教授千方百計引他們到這裡來……老羅教授嘴裡說的光宗耀祖……似乎有什麼想法漸漸成形，但也太荒唐了。

金不自覺地伸手握住了掛在脖子上的玉，彷彿這樣能給他力量似的。他顫聲問：「引我來這裡到底是為了什麼？」

老羅教授微微低頭回答：「這裡……正是咱們滿族的發源地，也是大清的龍脈，天地靈氣在此匯聚，您的墓就是建在這樣的靈地裡。一般人說葬在龍脈可以保佑子孫榮華富貴，但這裡並不是那種作用。」

「什麼意思?!」金聲音尖銳地問。

老教授指了指熔岩洞口，道：「那是龍脈的『眼睛』之處，能夠燒毀一切的熔岩代表著浴火重生，同時也是個養屍地……很神奇吧？應當是最稀奇寶貴的龍脈還包含著養屍地，不過就是這樣才擁有它獨一無二的意義。此處一切都是我親自規劃打造，就是為了讓您能夠不受打擾，等待重生的那一天。」

「重、重生？」

「是的，這裡並不是您的葬身之地，而是為了讓您重生而準備的。」

金突然覺得頭昏目眩，腳下一個踉蹌。于承均急道：「奕慶！」

于承均想起，當初發現金時，他被包得像是繭，如嬰兒般蜷縮在棺木內……這應該也是象徵著金不是被埋葬起來，而是沉睡著，準備著蛻變復活。

老教授恭敬地對金鞠躬道：「那些玉牒，是為了讓您重生後能夠了解皇室現況而準備的，雖然都毀了，但也不要緊……」

「你到底在打什麼鬼主意？」于承均厲聲問道。

「很簡單，擁有成為君王資格的人才能葬在這裡。」老教授平淡地說著，「葬在這裡之人，將成為重生之後的大清皇帝。」

……重生的大清?!于承均無法想像，在清朝覆滅了一百年的現在，竟還有人懷著復辟這種春秋大夢？

羅教授拿出張照片遞給于承均，「還記得在水洞裡看到的壁畫吧？最後一張被我砸了，因為實在無法忍受這種荒謬的想法。」

照片有些老舊，但其上的壁畫色彩鮮豔、保存良好，和幾天前看到的壁畫有很大的出入，這張照片的拍攝年代應該已久。

照片上是一人身著龍袍站在高處，下方萬人擁戴，看起來極有氣勢，那身著龍袍之人，一頭金髮閃耀，五官也和一般東方人不同……

金看著照片，嘴唇打著哆嗦說不出話。于承均緊捏著相片，突然伸手將它撕碎扔在地上。

老教授不以為意，道：「在光緒帝還在位時，我們就明白大清的覆滅是無可避免的，極盛後必定會衰退，這是亙古不變的道理。不過，這只是暫時的蟄伏，就像越王勾踐也臥薪嘗膽完成復興之大任。咱們積弱已久，需要長時間的復原準備，總有一天能重振大清盛世。」

老羅教授神態痴迷地說著，羅教授撇過頭，握著拳道：「爺爺，您應該知道這是不可能的！我和父親一直苦口婆心勸您，為何您就是聽不進去？」

「就算是不可能我也要讓它變成可能！」

老羅教授激動地說：「你們知道我花了多少心血在這事上嗎？為了一族的榮耀，我不惜讓自己的手沾滿鮮血，所付出的代價你無法想像！我也發誓，在大清國重生後我會自盡謝罪，畢竟我親手殺了奕慶殿下，但這是讓宗室血脈維持純正並完整保留下來的唯一方法！」

一直有些恍惚的金，在聽到殺害自己的凶手親口招認後，終於有了反應。

「是你殺了我？」金的話語一字一字地從牙縫中擠出，充滿怨恨。「是你毒死我，讓我變成這種人不像人、鬼不像鬼的怪物?!」

老教授咳了幾聲，剛剛的激動似乎將他的體力都耗光了。他虛弱地道：「是的，我在父親的安排下進入您的府邸裡成為服侍您的侍童，那時我才不過十歲……在您的飯菜裡下毒的就是我。」

金的雙眼圓睜且布滿血絲，狠戾的模樣是于承均等人從未見過的。沉積了一百年的殺身之恨終於爆發，金一步步走向老教授，全身骨骼發出令人膽顫心驚的喀喀聲。

不過是剎那間，他身形一閃、一下子竄到老教授面前，動作快得連于承均都來不

及思考。金打掉了老教授手裡的槍，一把攫住他的脖子，

老教授幾乎被提得離開地面，只剩腳尖勉強蹭著。後方的手下們一陣譁然，不過卻沒半個人舉槍。于承均猜想，老教授應該已經吩咐過了，無論如何都不能對金兵刃相向。

「殿下，我這身老骨頭也撐不久了，等大業既成那天再殺我也不遲。」老教授的聲音微弱卻相當堅定。

「為什麼是我！」金怒吼著。

「奕慶！」于承均抓住了金的手臂，但是他的力氣大得驚人，完全不能撼動一絲一毫。

老教授已經氣若游絲，沒力氣掙扎了，「因、因為您是光緒帝剩下唯一的兒子……您擁有皇室最純正的血脈。」

于承均閉上眼。金的血緣讓他吃盡苦頭，沒想到連死因也是……

金的表情漸漸緩和，接著竟然笑了起來。雖是笑著，表情卻相當悲傷。

「哈哈……我這個從來不被承認的私生子真是受寵若驚啊。」

金的手一鬆，老教授便跌落地面，劇烈地咳嗽著。

「我真不曉得該殺了你還是感謝你好……」金坐倒在地，眼淚一顆顆地滑落。

此時金真希望什麼也不知道，維持現狀，他便能心懷感激地面對，純粹地活著、愛著。莫名死去和一百年的沉睡，換來的是他願意付出一切守護的于承均，但知道了這些事後，他怎麼可能對自己的重生感到高興？

于承均蹲下，抱住金的肩膀。金只是無聲地淌著淚，雙手緊抓著于承均的衣服。

「……我很早就知道了這個所謂的『家族使命』。」羅教授的眼神充滿著同情與悲傷，看著坐在地上的佝僂老人。「我父親死前也諄諄囑咐過，一定要拉回爺爺，別讓他繼續陷下去……可惜我力有未逮，連這件事都沒能做到。」

于承均忽然明白了為何羅教授堅持要殺金。金一旦死了，老教授的夢想也隨之毀滅。

「爺爺為了這個不切實際的夢想，建了無數的殉葬坑。這些年來，我一直不斷地尋找殉葬坑並將之搗毀。那些殉葬的人們，他們的夢想並不是復興國家，而是獲得安眠。」羅教授抬眼道：「適才那些殭屍是我忘了，它們是不可能攻擊金的。它們因為金的血而復活，沒有自己的意志，只會聽從你的命令。」

「我將奕慶殿下移到那偏遠的小山丘，就是為了不讓恆琰找到。」老教授搖搖晃晃地站起身。「當時知道奕慶殿下被人盜走時，我只覺得天地都崩壞了……但是，殿下是註定要成為大業復興的關鍵，所以您才會再次出現在我面前。」

老教授苦澀地笑了兩聲，悠悠地說：「我一身病痛全靠著藥物維持生命，以我的情況，理當幾年前就去了，但是因為沒人能繼承我復辟的志願，上天才讓我這條老命拖到現在……」

金用種複雜的眼神看著老教授，問道：「你又怎麼知道我重生後是否跟你有著相同志向？就以現在來說好了，我對於你所說的復辟還是重振大清一點興趣也沒有。」

老教授抬頭，雙眼流露出異常的光芒。

「您說您現在這狀態是重生？不，完全不是這麼一回事，您是因為意外才會變成這副模樣。我所說的重生，是讓您重新成為人類，擁有呼吸心跳的正常人類！」

于承均感覺到金的身體瞬間一僵，隨即無法控制地顫抖起來。于承均也發現自己的手在發顫，若是金成為一般人類，他們是不是可以像普通人一樣白頭到老？

「你說……你有辦法讓我變回正常人？」金低聲問道。

「是的，只要您願意跟我一起恢復滿清皇室並繼承大統。」

金看向于承均，求助似的叫著：「均……」

羅教授一步跨出，厲聲道：「我絕不會讓您這樣做！不管是讓死人復活亦或是復興清朝，都是天理不容的事！」

明知羅教授不是對著他講，金還是忍不住瑟縮了下。復活對他來說簡直是夢寐以求的事，他願意做任何事換得這個機會……

「金，你知道重生的做法嗎？」羅教授溫聲道：「那是跟咱們滿族的傳統信仰八竿子打不著的邪術。爺爺為了在日後舉行復活儀式，才造了殉葬坑，坑殺了無數的人命，將他們的魂魄鎖住、永世不得超生。你的復活，將要建立在無數的鮮血之上。」

「羅教授！」于承均厲聲叫道。

「即使如此，你還是想這樣做嗎？」羅教授對于承均的話充耳不聞，只是看著金道：「剛剛那些從石燈籠下方冒出的殭屍們，它們都是這樣，活生生地被埋入土裡。你的到來，讓它們從沉睡中甦醒。它們的魂魄被禁錮在那殘破不堪的身體裡，你願意讓它們成為你復活的基石嗎？」

金緊緊閉上眼。雖然沒有心跳，卻能感覺到心痛，如果這樣獲得重生又有什麼意義？連自己都覺得噁心，于承均又怎麼能接受渾身是血的他？耳裡似乎傳來那些殭屍不甘的嘶吼，刺得金無法招架。

葉離紅著眼眶看著陷入絕望中的金，眼淚也忍不住落了下來。他再了解不過金了，雖然偶爾會耍點小心機，但以金的直率純真，絕不可能接受這種慘絕人寰的方式。

「奕慶殿下，請您眼光放遠一點。」老教授用著催眠般的語氣道：「對於新時代的建立，流血與犧牲都是必要的。關於武力及資金方面，請您不用擔心，一切都打點好了。」

于承均突然笑出聲來，聲音嘶啞道：「然後呢？金就算復活了又如何？您要用後面那幾個人打天下？還是您以為搞到了些槍炮、原子彈就能輕易顛覆一個國家？您是否不食人間煙火太久，連世界情勢都搞不清楚？」

「不用你多嘴！」老教授怒道：「這一百年來，我將畢生心血投入在這上面，不准旁人隨意汙衊！」

于承均確實打從心裡為這老人感到同情遺憾。他年老昏瞶的雙眼只看得到在腦子裡規劃的美好未來，乾枯的雙手仍試圖抓取不可能實現的時機。他對金做的事是不可原諒的，于承均心裡卻有種摻雜著罪惡的感激。

「跟我走吧，奕慶殿下。」老教授顫巍巍地伸出手，「還有很多事等著您完成，您復活之日就是大清國復興的那一天！」

「我不能讓您這樣做！」羅教授喝道，並舉起槍對著金。「與其讓您繼續錯下去，我會先殺了金！」

「不行！」于承均焦急道。

「如果做得到，你就來阻止我。」老教授對著他怒目而視，「咱們有人數上的優勢，我大可將你們全斃了再帶走奕慶殿下！」

羅教授慘然一笑，舉起另一隻手。

「為了阻止您，我已經在岩洞裡布滿炸藥了，就算犧牲所有人的性命也在所不惜。」

羅教授的話就如水滴入滾燙油鍋裡，一下子炸開了。

老教授似乎毫不在意，只是陰森森地道：「就算我死了，還有其他人會繼續下去。奕慶殿下，您考慮得如何？要是您不答應，我就將他們一個個都殺了，直到您答應為止。不如……先從于先生開始？」

話才說完，老教授身後數十人皆舉起槍，對準了對面的于承均等人。

在眾目睽睽下，金緩緩抬起頭，對于承均露出了個微笑。

于承均正想說些什麼，金驀地勾住他的脖子，在唇上落下輕輕一吻，濕潤微鹹的感覺讓于承均愣在當場。

金站起身，背脊挺得相當直。他環顧眾人，唇邊浮起個傲然的微笑。

「總而言之，只要沒有我就成了吧？」

「……咦？」

「只要沒了我，老傢伙的野心就能徹底摧毀了吧？」

于承均感覺到一股寒意從腳底竄到頭頂，喉嚨乾澀得連阻止的話都說不出。

「原來維護世界和平這麼簡單，阿諾和布魯斯威利都要幹掉無數敵人才有辦法做到呢……」

語音剛落，金瞬間就站到了羅教授面前。他伸手握住羅教授抓著引爆器的手，問道：「這個……是真的？按下去就會爆炸了？」

羅教授也被金的舉動搞得一頭霧水，只能呆愣地點點頭。

金從羅教授的手上抽出引爆器，舉起手叫道：「今天除了我之外沒有人會死在這裡，除非有人想跟我陪葬！」

「你做什麼，阿金！」葉離驚呼。

「奕慶殿下！」老教授淒厲地叫著，「請您考慮清楚啊！只要跟著我走，您就能獲得一切！」

金看著他，平淡地道：「想要的東西和該做的事我都做了，只剩還未遵守的承諾。」

于承均坐在地上，仰頭看著金的側臉，金也衝著他直笑。

那笑容充滿溫柔和濃濃的愛意，湛藍的雙眼似乎看不見其他人，只倒映著于承均的面容。如陽光下的麥穗般燦爛豐潤的金髮，即使在昏暗的岩洞內，也依舊閃耀。

「讓我去做吧，均。這是最好的辦法。拜託你，讓我能夠沒有遺憾地離開，這是我必須償還的罪孽和……必須遵守的誓言。」

金帶著撒嬌意味的話一字字敲在于承均心上，讓他覺得疼痛難當，但他還是用盡全身力氣，微微點了點頭。

金燦爛一笑，轉頭對眾人大叫：「你們還有三十秒，三十、二十九、二十八……」

聽見金開始倒數，眾人開始爭先恐後往通道裡跑。羅教授連忙阻止，叫道：「來不及了，從這裡走！」

羅教授指的是那個深不見底的瀑布。

眾人臉上露出驚疑的表情，位在火山裡的水脈應該跟強酸差不多吧？但羅教授只是堅定說道：「相信我，從這裡才可以逃出去。」

「跟著他走吧。」老教授蒼老的聲音迴盪在岩洞裡，「那裡的確是出口，想活命的就快點逃吧。」

「爺爺！」羅教授跑至老人身邊，蹲下道：「爺爺，跟我走吧。」

老教授堅決搖頭，「我要和殿下一起走，既然這件事不成，我活著也沒意思了。」

鬼老頭走至老教授背後，一個手刀劈在他頸後，老教授頓時癱軟下去。

羅教授吩咐手下背起老教授，回頭遲疑道：「金，我想你或許可以不必這樣做……」

「若是不這樣，老傢伙是不會死心的，更何況還有其他妄想復辟的傢伙在。」

眾人紛紛往瀑布跑去，一個個跳入黑暗的岩縫裡。鬼老頭拉著葉離，站在瀑布旁叫道：「承均，快走！」

于承均佇立原地，看著金說道：「我陪你，奕慶。我說過無論如何都不會離開你。」

金搖搖頭，上前抱住了于承均，氣息輕輕灑落在他的頸項。「對不起，均，今天就讓我任性最後一次……」

于承均忽地感覺後頸一陣劇痛，身體便軟了下來。

鬼老頭站在他身後，一臉猶豫地看著金。金將于承均交給鬼老頭，低聲道：「拜託您了，泰山大人。」

「奕慶……」于承均尚有意識，用盡全身力量叫道。

「我已經活夠了，均。我本來就該在一百年前死去，是老天爺讓我復活，體驗生前沒能嘗過的快樂……我很滿足。」

金的聲音越來越低，最終，是一句含在嘴裡、幾乎聽不到的：「再見。」

鬼老頭拖著于承均走至岩縫旁，回頭再看了金一眼，嘆了口氣，便拉著于承均跳下去。

于承均硬撐著扭過頭。他看到金的最後一面，是孤單卻昂然挺立著的身影。

……不，不會再見了。

他閉上雙眼，任憑自己下墜。

撲通一聲，他跌進水裡。浮起時，只見他們似乎是掉進條河裡，河水極洶湧，眾人不斷往下沖。

就在這時，巨大爆炸聲從頭頂傳來，震得岩壁搖搖晃晃，還不停有落石掉下來。

「這裡快垮了！」有人大叫。

落石不斷掉進水裡。有些人試圖上岸，但水流太急根本無法游泳。河水咆哮著向前翻滾，帶著眾人一路沖往出口。

不知在水裡載浮載沉了多久，河的前方出現了一道光。

很快的，眼前一亮，然後急速下墜。

山洞出口是一個瀑布，下方是個水潭。眾人被沖下後再努力往岸上游，上岸後都已精疲力盡，倒地不起。

河水潺潺流著，四周是溫帶闊葉森林，清冷的空氣沁入心脾。在地下不見天日許久，突然感覺到陽光照射在皮膚上的溫暖，有種重生的感覺。

于承均上岸後找到了鬼老頭和葉離，兩人除了喝了點水，皆無大礙。抬頭往上看，只見被樹林掩蓋住的某處不斷冒著煙塵，還隱約聽得到石頭崩落的聲音。

葉離不斷看著山洞出口，似乎期待金會從那被沖下來、呼喊著救命，但除了不斷的水流外，什麼也沒有。

在那樣的爆炸中，就算沒被炸得粉身碎骨，也會被崩落的千噸岩石壓住，萬劫不復。

一切發生得太快，連告別的時間都沒有。

無力感漸漸地充滿了于承均全身。他下意識地摸了摸貼著胸前的玉玨，但血玉似乎失去了溫度，冰冷得讓他無法承受。

為了讓金遵守承諾，于承均背棄了自己的誓言。他承諾過永遠不會離開金，但最後他還是轉身離開，讓金一人獨自面對責任與死亡。

早知道會如此結束，當他察覺到對金的感情時，就會義無反顧地投入，將與金在一起的每分每秒都銘記在心。

他一向認為，在這光怪陸離的世界，自己和金不過是在茫茫人海中擦身的過客，所有相識相逢的人們皆是如此，一切都是浮光掠影，因此不需要留戀，不需要在意，這樣才能坦然面對分離。

于承均高估了自己，再如何淡然都不可能平常心看待心上人的離去。

他不是第一次面對至親之人的死亡，每一次卻依舊讓他痛徹心扉。

他和金，始終無法在一起。

若是無法永遠陪在身邊，為何要讓他們遇見？

對於深深刻在心裡的人，怎麼做才能面對失去的痛？

和金相遇至今約兩個月，在他三十餘年的生命裡不過是稍縱即逝，這段時間並無法改變他什麼，于承均仍然小氣且自私，因為懼怕而不敢表示心意，因為捨不得而接受了金，因為自以為是而……

這樣的自己，沒資格為金的直率與決絕表示哀悼。

明明是向來只考慮自身利益的他，為何還要這樣假惺惺地哀慟？他不禁冷笑出聲，為自己的虛偽和不堪一擊感到可笑。

「師父……」

看見葉離悲傷驚訝的臉，于承均才察覺到自己已經淚流滿面。

陽光從林蔭間落下，溫暖的感覺昭告著春天的到來。

Zombie's Love is 100% pure

尾聲

從那次後，于承均再也沒見過羅教授等人，兩個羅教授就這樣銷聲匿跡、人去樓空了。他毫無興趣探究，即使大學裡傳得沸沸揚揚，于承均仍舊毫無所動。

不過時間是磨去一切最有用的工具，再多謠傳終究都會消失，再怎麼刻骨銘心的傷痛也會慢慢淡化。

從那之後，已經過了四個月，于承均一如往常地生活著。

人真的是很堅韌的動物，失去金的隔天，他便能正常吃飯工作，像什麼都沒發生過似的。連他都佩服自己的無情，前一天愛得要死要活，隔天就能從容面對金的死亡。他以為失去心愛之人後，應該會鬱鬱寡歡、每天以淚洗面之類的，但這並未發生在他身上。

只是夜深人靜時，總是輾轉難眠。

失去溫度的半片玉玨冰冷冷的，就算緊握在手裡也一樣，在晚上時，尤其能感覺到玉玨散發出的刺骨溫度。于承均將之視為不讓自己忘記金的警惕，因為這是金在他短暫的兩個月人生中，唯一留下的東西。

每當閉上眼睛，金的笑靨和嗔怒就會浮現。還記得金撒嬌地要求自己讓他看鬼片，也記得他湛藍的雙眼裡滿溢著對自己的情感。

這時他才驚訝地發現，他老早就把金的言行記在腦海裡了，甚至在他察覺自己對金也有感情之前。

睡前他通常想著金，睡醒後也必定再次感到失落。金從未到他夢裡來，連一點虛幻的美好都不願意給他，他知道是因為自己未信守承諾，才得到的懲罰。

傷痕隨著時間流逝而慢慢撫平，他遲早有一天會忘了金，一想到這點便讓他渾身顫慄，于承均無法想像曾對自己如此重要的金在他心中消失的那天。不過後來他就知道自己還是太單純，因為即使忘卻傷痛，深入心中的遺憾卻不會消失。

他幾乎無法憶起當初的心動與絕望，似乎已經將過去與金在一起的點點滴滴拋諸腦後，但每一次呼吸與心跳間都能感覺到空虛從心臟被打出，順著血流慢慢融入細胞裡，一點一點的，連胸口都產生了空洞。

每當他想找人分享看到的事時，才會想起老是跟在他後頭的金已經不在了，這時他就會想，當初對金好一點就好了、若是能早點和金說出他的心意就好了……但再多的懊悔與不捨挽回不了逝去的一切。

于承均盡量裝得若無其事地生活，但他明白，心裡被掏空的部分已經回不來了，遺落在長白山下。

今晚，于承均也懷抱著微小的希望和無盡的遺憾入睡。

現在正值盛夏，因為都市熱島效應，高溫總是將近攝氏四十度，公園裡的石桌燙得可以煎蛋了。

于承均汗流浹背地提著購物袋走在路上。

最近師娘又迷上了新的偶像，鬼老頭只好命令于承均去店裡搜刮相關電影ＤＶＤ。原本于承均想讓葉離執行這項任務，但正值叛逆期的高中男生怎麼可能放下身段？于承均只能自己前去，尷尬地買了一堆只有小女生才看的吸血鬼愛情電影，還得忍受旁人側目。

于承均停下來喘口氣，伸手擦了擦汗。抬頭瞥見被大樓圍起的天空，被電線分割得亂七八糟，但還是看得出來蔚藍的天空萬里無雲，天氣好得過頭了。

每當看見毫無陰霾的天空，于承均便會想起金，他也擁有著如此澄澈的雙眸。

他微低下頭，阻止自己去看任何會想起金的事物。

于承均提起購物袋準備回家，不慎讓路旁停著的機車車牌劃破了袋子，ＤＶＤ一下子散了出來，掉得滿地都是。于承均嘆了口氣，真想放著算了，但那些ＤＶＤ也花了他不少錢，只好蹲下來一片片撿。

旁邊的好心路人也跑來幫忙撿片子，但對于承均來說，這是不必要的好意，因為他並不想讓人看到他捧著堆浪漫愛情電影。

他只能忍著羞恥，快速地將ＤＶＤ全撿起。路人將最後一片放進他懷裡，于承均簡直想直接落荒而逃了，那片盒封面就印著帥氣俊美的男主角摟著女主角的樣子。

……他媽的這種亂世佳人的構圖用了幾十年還歷久不衰！

「謝、謝謝！」于承均連忙道了謝就想走人。

「等等！不好意思，我想問個路。」

于承均低著頭，只看得見好心幫他撿片子的路人穿著無袖上衣和及膝短褲，腳上一雙涼鞋，背上還背著個大背包，配上奇怪口音的中文，應該是來學中文的國外留學生吧。在夏天的街上，無論國籍，歐美國家來的留學生幾乎都是這種打扮。

留學生遞了張紙條給于承均，手指著紙上的地圖問道：「這要怎麼去？」

那地圖畫得歪七扭八，于承均看了半天，看不出所以然，只能道歉離開。

抱著ＤＶＤ走出幾步，于承均心中一動，不知怎地停下腳步，回頭看了看。

留學生見他回頭，臉上露出微笑。

于承均抱著ＤＶＤ的手不可遏止地顫抖起來，心跳聲大得幾乎蓋過路旁呼嘯的引擎。

留學生有著一頭豐潤的金色短髮、湛藍的雙眼和燦爛的笑容。

今早于承均起床後，摸了摸沾濕的臉頰，心中很是愉悅滿足，因為昨晚金出現在他的夢裡。

他本來就沒有什麼遠大的志向，金走了之後，于承均的人生目標更是模糊了。每天機械性地做著例行活動，毫無目的地活著，就算哪一天呼吸突然停止了也無所謂。

但今天他感受到了許久未有的喜悅。醒來後他已不記得夢境內容，只能憶起夢裡栩栩如生的金的笑容、和承載著溫柔的雙眼。他不清楚金為什麼前來，就算是來苛責他的無情，他也欣然接受，只要金願意出現在他面前。

汗水流下，刺痛了眼睛。

站在面前的留學生，脖子上繫著條紅絲線，順著他的胸膛隱沒在領口裡。

「你要告訴我怎麼去嗎？」

模糊的視界中，留學生舉起手中的地圖，狡黠卻帶著溫柔地笑著。

于承均呆愣在原地許久後，點點頭。

胸口空洞慢慢地溢滿無法訴說的悸動，讓他連站都站不穩。然後，他跨出了一步，感覺到貼著胸口的玉玨慢慢暖了起來……

——《殭屍先生的愛 100% 純天然不含防腐劑喔！．下》完

——《殭屍先生的愛 100% 純天然不含防腐劑喔！》全系列完

Zombie's Love is 100% pure

番外

人還能有更慘的時候嗎？當然。這個世界的多數角落，幾億人正飽受戰爭、飢荒、疾病、窮困的摧殘，反觀自己身強體健，每天都能吃飽，有何資格抱怨？

在即將出獄前夕收到了家裡寄來的離婚協議書，他想著自己多麼幸運的同時，不禁自怨自艾。

世界上雖有多數人比他不幸，但也有不少人過得比他舒服，至少他第三任老婆……不，第三任前妻，在他入獄時高高興興地花著他轉移到她親戚名下的財產。隨著離婚協議書一起寄來的是法院的勒令還錢通知，看來他在獄中幾個月已經害自己負債累累了。

他對她沒有怨言，誰叫她長得漂亮，二十出頭，溫柔可人，跟她在一起一年多，讓他覺得自己重回年輕放浪的時候。錢這種東西，等出獄後到處挖挖就能再賺回來。

他填完協議書，讓室友幫他信封拿去收發處寄出。

在低戒備的監獄中日子不算逍遙快活，但也平穩規律，對身體有好處。他這年紀才入獄引起不大不小的轟動，在監獄裡太引人注意不是好事，不過獄友們聽說他的生平事蹟後，倒是沒人敢找碴。

他平時早睡早起，習慣粗茶淡飯，老而矍鑠，獄中生活根本算不上吃苦。

睡前想想家裡年輕美麗的老婆，算著出獄的日子；閒暇和工作時講講自己的故事，吹牛一番，唬得那些涉世不深的愣頭青爭先恐後拜他為師。他照單全收，樂得收徒弟們的供奉，菸、酒、色情書刊和可上網的手機等違禁品他樣樣不缺，反正出獄後江湖不見。

老婆離開是他曾想過的問題，實際發生以後才發現對自己的打擊比想像中大得多。或許年紀大了更多愁善感，越發感到孤獨，他也希望能夠有人陪伴在自己身旁。

他沒有子女近親，所以娶了個老婆，至少臨終時有人守在床前，死後有人為自己收斂屍骨，清明過年點上一炷香聊表心意，而這些都已幻滅。

自己朋友雖多，但都是同行——他不可能相信任何一個同行，那些人都跟他一樣過著刀口舔血的生活，唯利是圖。若是託付給他們，那些傢伙只會草草了事，因為他自己就會這麼做……而他也的確做過。

報應終究會到來。

出獄當天，徒弟們送他出去，他向眾人承諾一定會聯繫他們，心裡盤算著這些人有幾個勉強有能力傳承他的衣缽，也有幾個大概勉強能夠託付後事，卻都不是上上之選。

看人這方面向來不是他的拿手項目，否則也不會落到如此地步。

領取了自己在入獄時的衣服財物，惦量著之前接到的工作機會，走出看守所時終於有重見天日的感覺。無論有錢沒錢，就算為未來打算也還是要無拘無束的狀態下才能仔細思考。

晴朗的陽光下，等在外頭的出乎意料地是個許久不見的遠房親戚——兩人在族譜的位置相差十萬八千里。

他向來不喜歡親戚。他們不屑他的謀生方式，卻又覬覦他們口中所謂的不義之財。他掏掏耳朵，本想直接轉身就走，但那人已經看見他了，三步併作兩步地跑向他。

「這個……先恭喜你出來……」

他手一揮，打斷那人道：「有話快說，借錢沒有。」

中年男子顯然挺懼怕這位惡名昭彰的長輩，支吾了半天才說完此次前來目的。饒是他經歷各種大風大浪，也不禁瞪大了眼睛問道：「你他媽說啥？」

中年男子指向不遠處的一輛轎車。「就在車上。」

兩人一前一後走向車子，一個孩子下了車，沉默地看著他們。

中年男子連忙坐進駕駛座：「就是他了。大家知道你一個人不容易，但是其他人都有家庭要養，說起來你的經濟狀況也比我們好太多了……總之，這是家族的決定。

「如果你不想養這孩子，就送他去社福機構，反正他沒爹沒娘，政府本來也有責任照顧……就這樣。」

男子說完急匆匆地開動車子，像是迫不及待地擺脫這個燙手山芋。

他看著遠去的車屁股，搔著頭心想這傢伙至少應該送我一程吧。他回頭打量著站在幾步之遙的小孩，男孩穿著T恤和牛仔褲，身上背著一個登山用大背包，沒其他行李，只是安靜地站著，也不看他。

見到長輩還不打招呼，現在小孩真沒禮貌，他心想，邊從口袋掏出皺巴巴的香菸盒，點上一根，長長地吸了一口。

「你多大？」

男孩這才將視線抬上來，聲音聽起來剛進入變聲期。「十四歲。」

至少還會講話，不過十四歲……初中？高中？距離他求學時代已經過了半個世紀以上，實在沒概念這年紀的孩子該是什麼狀態。

身高大概將近一百七，他也不知道算高還算矮，是否還會再長高。

男孩是他的遠房親戚，兩人在家族的關係比方才那中年男子更遠，他甚至是第一次見到這個孩子，連怎麼稱呼都不知道。

他抽著菸，將行李放在腳邊，看著男孩無神盯著地面的雙眼，總覺得他孤僻得像是有毛病。

「你健康嗎？有病嗎？生理或心理方面？」他問。

男孩皺了皺眉頭。「沒有。」

如果沒病，這種故作憂鬱又自我的樣子大概是叛逆期吧。

雖然外表乾乾淨淨，但一副生人勿近的樣子，難怪沒人想收養。若把男孩帶去社福機構，總是免不了問東問西一番。他剛出獄，而且前科累累，就擔心那些公家機關找麻煩。

看來只能將這孩子丟回給親戚了，由他們出面會比他容易得多。他彎腰拎起行李袋，向男孩勾勾手指。「走了。」

看守所位在遠離住宅商業區的郊外，附近十分荒涼，路上除了一輛輛呼嘯而過的砂石車外，幾乎看不到一般車輛，只能步行到市區外圍。他不打算用電話叫車，一步一步悠哉地走著，享受自由的空氣。

「小子，不是我老頭子對你不好，但我光棍一個，年紀足以當你祖父……甚至是曾祖父，任何有理智的人都不會認為我適合照顧小孩，對吧？」他不知道男孩是否聽到了，但他不在乎，半是自言自語地繼續說。

「你十幾歲了，我在你這年齡已經開始工作自給自足。如果你不想去那些烏煙瘴氣的福利院，就應該考慮獨立；若你想靠念書翻身，只能讓政府養，但在那些地方不學壞就只能等著被人欺負。這是我現下能想到的你的兩個出路，你有權利選擇。」

任何回應。

他自顧自地開始，隨意地結束，後方傳來的緩慢腳步聲從未有一點停滯，也沒有

唉，現在的小孩子啊……

他的職業風險大，除了警察，更危險的是同行，所以除了已經被法院查封、與前妻一起生活的房子之外，他還有其他隱蔽的住所。此處環境尚可，位在住宅區裡的早市旁，居民龍蛇混雜，許多遠重洋而來的外籍勞工都住在這一區，對他來說是最好的掩護。

低矮的樓房三樓，鑰匙就黏在門口鞋櫃的死角，他摸索了半晌才找到。大門一開，地上的灰塵隨之揚起。這裡約二十坪大小，家具電器樣樣不缺，只要再補充生活用品就可以住得很舒服。

他走進房間，換下汗濕的衣服，走出來時從門邊拉出一張摺疊床。

「吶，你睡這裡，沒其他房間了。我出去一下。」

從剛剛開始打親戚的電話，他媽的一個都沒接。他啐了一口，只能讓小孩先睡這裡直到有人接手。

男孩站在折疊床邊，放下自己的背包，目送著他出門。

待他拎著大包小包回來時，訝異地發現地上有水桶抹布等清掃用具，地板還有拖

把拖過的痕跡，家具蓋著的防塵布疊好堆在角落，窗戶也都拉開，屋裡霉味沒有剛才那麼重了。

他環顧四週，檢閱小孩的清潔成果。男生多少有些粗枝大葉，但打掃得很認真，他向來只把床擦一擦就能住上幾個月。看來這小孩尚有自知之明，雖然終究必須離開這裡，卻也知道一飯之恩的道理。

從後方傳來聲音，他悄悄地往裡一探究竟，廚房裡的冰箱和熱水瓶已插上電源運轉，男孩正在鼓搗著鍋碗瓢盆——那些陳年油汙可不好清理。

「你會煮飯？」他問。

男孩並未被他的突然出現嚇到，只是繼續背對著他刷鍋子。「我會用電鍋煮米，還有簡單炒幾樣菜，味道不保證。」

他將手上袋子分別放在流理檯及地上，笑呵呵命令道：「洗米洗菜，我來露一手給你瞧瞧單身漢的烹飪功力。」

後來，男孩吃完飯時只淡淡地說了一句話。「口味太重了。」

他打著飽嗝愉悅地說：「我進窯子前做過身體檢查，醫生還因為我的健康狀態和四十五歲的年輕人一樣而讚嘆不已。」

他注意到男孩將大背包放在折疊床旁，只拿出了學校制服掛在旁邊攤平，其餘家當始終塞在包裡。

「學校在哪裡？你怎麼去上課？」

男孩收拾桌子，將碗盤疊在一起端去廚房。「不遠，搭公車就到了。」

男孩的身影消失在牆後，廚房傳來水聲和碗盤碰撞的輕微聲響。

這個男孩，或許是個理想的徒弟，有耐心，人品似乎也不錯，雖然缺乏禮貌。然而年紀太小了，若涉足他的職業領域，男孩必須從零學起，但他可能沒剩幾年好活了。

他自誇身體健康，其實近年來已經能感覺到對於許多事力不從心。這份不安突然間以排山倒海之勢撲來，讓他尋找徒弟的願望更加強烈，也因此必須盡快將無關之人送走。

他此次入獄是因為某次生意沒談攏而被對方告密，雖然獲釋，但糾紛還未解決，對方肯定會再來找碴。若是膽小怕事之人恐怕就會深居簡出，過著杯弓蛇影的緊繃生活……而他絕非這種人。安分了幾天後他便開始重操舊業，召集人手、購買裝備計畫下一次行動。

做這行最怕的除了警察，就是機密外洩，他叫來的人手多是互相熟稔的專業人士，稱不上朋友，卻是值得信賴的工作伙伴。

男孩在他們議事時安靜地待在廚房念書，對於他們所談之事充耳不聞。夠機靈，他想，雖然依舊很沒禮貌，進門看到一客廳的叔伯，連招呼都不打。

男孩每天規律地在學校和住家間往返，沒參加社團也沒朋友，回家之後就煮飯（難吃的程度幾乎讓人食不下嚥），操持家事，然後念書。家當始終裝在背包裡，似乎知道自己隨時會離開。

老實說，他挺喜歡這個無禮的孩子，或許他沒立刻將孩子送走是為了尋找留下他的理由，所以他才會提早策劃工作，同時試圖將討人厭的親戚揪出來。

他的理智向來凌駕在情感之上，只要少年再多表現出一些讓他動搖的特質，再一些……在他下定決心之前。

跑得了和尚跑不了廟，若非心有顧慮，他根本不需要花上這麼多天才找到將小孩塞給他的中年男子。

「你躲著我做甚麼？做了虧心事？」他在這個不成材的晚輩家裡，大喇喇坐在主位上。

男子態度雖然稱不上唯唯諾諾，但也足夠卑躬屈膝了。「這是家族的決定，您大可直接將他送去社會局……」

「我知道，讓我這個前科犯出面，避免大家面子掃地，不就是你們這些偽君子的主意？」

他喝了口茶，嘆道：「那個小孩子挺乖的，讓我養或是讓我們任何一個親戚養都是糟蹋了，我們都沒那個本事，你們也捨不得花錢栽培，否則就不會養出一堆窩囊廢。」

男人敢怒不敢言。

他們很快地就敲定了時間，讓中年男子帶男孩去社會局。一直懸在心裡的事有了著落，他卻並未感到如釋重負。這個男孩說不定是他的最後機會，但以現在平均壽命來看，就算他這年紀保養得再好——而且並非如此——恐怕只有三五年可活了。

如果他看錯人，自己的手藝註定失傳，那男孩應該能幫他妥善料理後事，只是他可能又要被親戚踢來踢去、過著顛沛流離的生活。

年紀大了確實容易心軟，自己的要緊事還沒個底，就開始操心男孩。老實說他一直想要小孩，但幾任老婆都沒生。若是男孩早幾年送過來，他肯定毫不猶豫地收養他。

他說服著自己做的決定是為了兩人好，少見地懷抱著沉重的心情回到家。男孩還在上課，他坐在客廳裡抽菸，一根接著一根，整個客廳煙霧繚繞。

男孩開門進來時愣了半晌，他揮揮手招呼：「呦。」

男孩在他對面的凳子坐下。他不著痕跡地透過煙霧觀察，男孩的制服熨得乾淨平整，書包也很乾淨，就如自身所表現出來的氣質。

男孩面無表情，不曉得是坦然接受自己的命運，抑或是對未來一無所知。

他剛剛從親戚那裡知道，男孩的父母過世一年有餘，這期間他輾轉各個親戚家，本來就內向的孩子變得更加沉默，加上成績不錯，因此自尊心也挺高，從來不知討人歡心。

多想無益，他吃了秤砣鐵了心道：「明天早上會有人接你去社會局那裡辦手續，這幾天辛苦你照顧我這個老頭子啦。」

男孩點點頭，起身離開。

作為餞別的一頓飯在低氣壓中結束。男孩的廚藝這幾天絲毫不見長進，倒是一直堅持少油低鹽，每道菜都寡淡無味。幸好少年要離開了，否則每天吃這種菜色，他肯定會早死。

行李就跟來時一樣，只有一個登山背包，少年仔細地將折疊床擦乾淨，收起來靠牆放著。

他本想先一步溜走，省得面對離別的尷尬，但中年男子來得比想像中快。幸而男孩也不是個拖泥帶水的人，拿起背包瀟灑離去，只有一句「再見」。

他看著男孩的身影消失在門後，心裡沒什麼大喜大悲，只是惘然。偶爾他會覺得自己這把年紀容易對事物麻木，有時偏又覺得自己似乎變得脆弱敏感，所以他也說不清現在心裡是甚麼感受。

佛曰人生八苦，生苦、老苦、病苦、死苦、愛別離苦、怨憎會苦、求不得苦、五陰熾盛苦。雖然無法解釋其為何種，但能確定的是苦澀從心底裊裊冒出，摧枯拉朽地占據他年邁的身體。

大門乍然砰砰作響，他連忙起身，門板應聲彈開，狠狠撞上牆壁。站在門口的那群人，正是一年前跟他起了糾紛而後陷害他入獄之人。

他向來謹慎，卻不知何時被人鑽漏洞，找到自己的避難處來了。對方五名彪形大漢，而他孤身一人，只能束手就擒。

真是大意了，都是那個小鬼的錯，他心裡嘀咕著。所幸走得快，若是碰上這些人免不了跟他一起受罪。

那幾人將他綁在椅子上，為首的是同業裡一個惡名昭彰的傢伙。他看到攤在客廳桌上的地圖和堆在一旁的器具，表情陰狠地道：「您老一出來就急著重開業啊？不如我們先將上筆帳清算一下如何？」

旁邊的人從包裡拿出斷線鉗——能輕易剪開摩托車大鎖——用力砸在桌上。

「慢慢考慮，仔細想想，不要說錯了。你年紀這麼大，大家都喊你一聲前輩，我也不想出此下策，但你這個老不死的實在讓人忍無可忍。要是拿不到錢，我就剪斷你一隻手，反正你該退休了，憑著老人年金和殘障津貼也能安享晚年。」

這些人把他弄進監獄就為了找這筆錢，但他藏得極隱密，他們沒能得手。用錢可以打發是最好的情況，然而些人來勢洶洶應該不僅為財，也為報復，一個不好連小命都丟了。

他以年老記憶力不好為由試著拖延時間，殫精竭慮地思考自己該如何脫身。這些同行不是省油的燈，要是讓他們看出來自己想耍花招，只怕就要下狠手。

大門突然傳來聲響，眾人轉過身去。男孩出現在門口，看著屋內的情形不禁瞪大了雙眼，露出了這幾天來最像小孩的樣子。

見是個小孩，眾人也不在意，隨口罵道：「滾！這裡沒你的事！」

男孩站著沒動，聲音裡有著幾乎不可聞的顫抖：「你們侵犯人身自由，是違法的。」

為首之人一手甩著大剪，向男孩微笑道：「小弟弟，我們是這位爺爺的朋友。大人有事商量，小孩子不要插手。」

男孩看了看被綁在椅子上的人，提高音量道：「我勸你們最好快離開，否則……」

「否則怎麼樣？」幾個人不禁大笑。

「把他抓起來！」一個男人喝道。

站在門口兩個人立即伸手要攔，男孩忙不迭後退，喊道：「我報警了！」

幾個大男人面面相覷，瞬間安靜下來的室內，就像要呼應男孩說的話，傳來了警笛聲。

為首之人一個箭步衝到窗邊拉開簾子，探頭向外瞧。隨著警笛聲越來越近，他轉頭鐵青著臉。「真的是條子。」

男人恨恨地看著被綁在椅子上的他，咬牙道：「後會有期，下次絕對不會放過你！」

「快走」、「王八羔子」等叫罵聲此起彼落，眾人爭先恐後逃跑，男孩被他們撞倒在地，坐在樓梯上確認著男人們離開了這棟大樓，才慢慢起身拍了拍自己的衣服。

「你還好吧？」男孩走進屋裡，手忙腳亂地將綁著他的繩子解開。

他深呼吸幾下平復心情，甩甩手腕。劫後餘生讓他不禁為自己的幸運笑出聲。「今天讓我老頭子逃過一劫，真是註定的吧。」

男孩站在窗口看著那幾人跳上車，灰溜溜地跑了。「這是怎麼回事？他們來尋仇的？」

他更是得意，放聲大笑道：「他們被我黑吃黑，當然要報復啦。」

男孩蹙著眉頭，彷彿在說早知道就讓你自生自滅了。

他得意沒多久，隨即想到自己的情況也不樂觀。「條子來了！媽的，咱們趕緊跑吧，他們一上來看到這滿屋的東西，總不可能以為只是登山裝備！快！」

男孩搖搖頭，伸手指著窗外。「我報警了，不過跟他們說了對面的地址。」

他探頭一看，警車在對街路邊停了下來，穿著制服的警察一邊用無線電交談一邊走進對面公寓。

「我又不是傻子，當然知道你們搞的是違法的東西。」男孩道。

今天真是他的幸運日。他看著男孩，暗自道這真是註定的。才剛經歷了九死一生，但他現在身體裡充盈了前所未有的愉悅，讓他幾乎手舞足蹈，心潮澎湃得感覺不到自己的年老。

就這樣吧！管他有幾年好活，管他的手藝是否沒人傳承，前妻把他的錢捲走也罷，沒人給他送葬也罷，他活在當下，自己選擇的所以心甘情願。

「你那個叔父還伯父呢？」

「在樓下。」男孩神色平靜地說。

他從沙發旁邊拿出一個尼龍行李袋扔給男孩。「幫我收東西，咱們得換據點，正好讓你那伯父還叔父載一程。我告訴你，另外那個窩比這裡還小，你到了那裡只能先睡折疊床將就一陣子，懂嗎？」

背後男孩收拾的聲音頓了一下，然後是尼龍材質窸窣著。他沒回頭看男孩的表情，只道：「聽到了嗎？聽到就應一聲。」

半晌，一聲細微的「嗯」飄了過來。

他不禁罵道：「真是沒禮貌，跟長輩說話怎麼這個德性。我得好好教你才行。」

男孩開口，聲音聽起來多了些青少年該有的活潑。「先說好，我不會幫你做違法的事。」

「你才是惡貫滿盈，吃你做的菜根本是慢性死刑！」

「你的生活方式才需要改改。」

「這就是你和師父的相遇？」

鬼老頭坐在搖椅上，懶洋洋道：「正是。」

葉離一手撐著臉，批評道：「你在故事裡把自己過度美化了吧？還不斷提到自己快死了以博取同情，結果還不是好端端活到現在？我個人覺得，你差不多成精了。」

「我怎麼知道自己好事做太多，老天爺捨不得讓我走？」

葉離擠眉弄眼做出噁心的樣子。「而且前面鋪陳了這麼久，後面草草收尾，以故事完整性和劇情來講，都不合格。」

鬼老頭吹鬍子瞪眼說：「是你要聽的，還要求這麼多！」

葉離翻了翻白眼：「我想知道師父以前是什麼樣子，結果都在聽你的心路歷程和自吹自擂。」

「那傢伙以前就是個中二病少年，跟你現在一樣，只是那時這種病症還沒有正式稱呼。」

少年往後癱在沙發上，義正詞嚴：「你故事裡 bug 一堆。以師父的年紀來算，你收養他幾年前就娶了現任師嬤，哪來的含辛茹苦一說？」

鬼老頭拿著竹製不求人搔了搔背後，聳聳肩。「是嗎？難道是你師嬤跟我分居那時候？啊，娶過太多老婆，實在搞不清楚。」

葉離氣呼呼地起身離開，鬼老頭伸手阻止他，狡黠道：「你想知道你師父第一次跟我行動的事嗎？我老頭子不打誑語，那可是精采絕倫啊，還有照片，青春的十八歲……」

「我要看！」葉離明知這是陷阱，還是無法控制地跳進去。

鬼老頭不由分說地將錢包塞進葉離手裡。「幫我跑腿。」

他看著葉離悲憤交加地拿著錢包出門，站起來伸了懶腰，走出大門逕自爬樓梯上天臺，心想誰盜墓還他媽拍照啊，把小子的高中畢業照拿出來唬唬小徒孫就行了。

初夏的天空高遠清澈，他哼著歌，腳打著拍子，腦海裡再度浮現了當年男孩的模樣。

「嘖，果然還是小時候比較可愛。」

——番外完

高寶書版集團
gobooks.com.tw

輕世代 FW248

殭屍先生的愛100%純天然不含防腐劑喔！・下

作　　者　胡椒椒
繪　　者　zgyk
編　　輯　林紓平
校　　對　林思妤
美術編輯　彭裕芳
排　　版　彭立瑋
企　　劃　姚懿庭

發 行 人　朱凱蕾
出　　版　三日月書版股份有限公司
　　　　　Printed in Taiwan
地　　址　臺北市內湖區洲子街88號3樓
網　　址　www.gobooks.com.tw
電　　話　(02) 27992788
電　　郵　readers@gobooks.com.tw（讀者服務部）
傳　　真　出版部　(02) 27990909　行銷部 (02) 27993088
郵政劃撥　50404557
戶　　名　三日月書版股份有限公司
發　　行　英屬維京群島商高寶國際有限公司台灣分公司
　　　　　Global Group Holdings, Ltd.
初版日期　2017年 9 月
十三刷日期　2022年 2 月

國家圖書館出版品預行編目(CIP)資料

殭屍先生的愛100%純天然不含防腐劑喔! / 胡椒椒著.-- 初版. -- 臺北市：三日月書版股份有限公司出版：英屬維京群島高寶國際有限公司臺灣分公司發行, 2017.09-
面；　公分. --

ISBN 978-986-361-440-1(下冊：平裝)

857.7　　　　106012038

三日月書版

三日月書版

GOBOOKS
& SITAK
GROUP©

GOBOOKS
& SITAK
GROUP©